北一女
的
青春國寫作課

北一女中國文科教學研究會　主編

目次

輯二　現代詩

輯三 小詩

輯四 現代散文

輯五　國寫卷一

輯六　國寫卷二

序一

書寫，無限青春！

校長　楊世瑞

人生在世，能將自己的思想、感受清楚地傳遞給他人，甚至得到共鳴與迴響，絕對是一樁樂事。透過語言文字，理解他人的所思所感，進而產生莫逆於心的相知，當然也很開心。理解力與表達力的提升，是本校對於小綠綠們的期許與要求，也希望透過師長們的引導，讓學生樂於接受琢磨，終成大器。

本校國文科兩年一度出版的《綠園文粹》已邁入第十二期，師長鼓勵同學們以書寫見證青春、揮灑青春，為自己的成長留下美好的紀錄。本期除了呈現同學在新詩、散文、小小說創作的作品，以及學生於校內參與作文比賽的佳作分享給讀者外，還有學生針對大考中心公布研究用試題的習作成果。因應新型國寫測驗，學生需運用閱讀理解與表達能力，跨越以知性題、感性題設下的欄杆，他們得練就在有限的篇幅與提示下，既要聚焦、切題，又要能展現創意與發想，還得在規範的時間內完成，這真是一項挑戰；同樣地，願意把這項挑戰的成果跟大家分享，也一樣是挑戰。創作者能遇到知音是幸福的，對學生尤其是莫大的鼓勵，也期盼展書閱讀的您，能感受到作者的用心，從中獲得養分。

老師們告訴我，本期《綠園文粹》選擇增設大考中心於去年十一月公布的研究用試題進行徵稿，一方面是由於大考中心公開的試題有其嚴謹度，亦具指標性；另一方面是學生在練習時，總希望有一些參考作品可用以檢視、評估自己的進步空間，於是師長們便鼓勵同學們一起試寫，再從中挑出佳作，透過評審分析說明優點，再針對題目精闢解析，延伸出知性與感性國寫題的寫作建議。本書最後附錄有本屆高三學生的寫作省思，除了誠實道出學子的看法，也提出改善之道。在整合學生作品、老師評語與學生觀點的分享後，期望架構出更具實用性、思辨性的面貌。

相對於國寫有限的框架，本書仍有同學無限揮灑的書寫空間。在網路蓬勃、振筆疾書似乎顯得式微的時代，本期新詩、散文、小小說的投稿件數反而創下新高，頗令老師們欣慰。當學生願意以文字呈現自我樣貌，書寫人我關係、表述自己理解的世界時，我們相信，文字的力量仍真真切切地可由青春的生命實踐出來。

曾擔任作家、出版人與發明家的美國總統班傑明．富蘭克林曾說：「Either write something worth reading or do something worth writing.」在探究讀者的反應之前，書寫者可先問問自己，甚麼是值得寫的呢？筆耕出自己對生命的叩問，發揚自己的情思想像，或是坦然面對必須被考驗到的書寫功力而加以反覆練習，在提筆的同時自然會顯現出意義與價值。藉著書寫發揚青春或保留青春，都能將有限延展為無限。同學們若能將這樣的起心動念持之以恆，在日後持續藉著書寫關照自己、感動他人，文字的力量是永恆的，書寫的世界何其寬闊！

感謝淑玲老師擔任科主席期間，邀得元傑老師接下總編的重責大任。期待第十二期的《綠園文粹》與您一起在青春的國度中展翅翱翔，從青春的視野中激盪出無限的創意與巧思。

序二

書寫，一種回應世界的方式

科主席　梁淑玲

綠園裡的盛事——《綠園文粹》，就要開始徵稿了。隨著主編鄭元傑老師與同仁們的創意宣傳海報，校園裡颳起了一陣以創作為話題的旋風。

《綠園文粹》為本校國文科兩年一期固定出版的刊物，既為鼓勵學生創作而設，亦為應用於教學的實證演練。每期的主題略有所別，從中可發現各期主編的一番深刻用心。自四年前委外出版後，便希望能更廣泛地與各界交流，並為校內外的學子帶來些許收穫，因此每期都有出版亮點的設計與考量。本期選擇的是國寫，以研究試卷為題，高三採取限時作答，模擬學測情境，如實呈現同學的現場表現，由任課老師推薦投稿；高一、高二則以徵稿方式，讓同學多些思考時間，著眼於學習過程，希望能同時提供有需要的讀者參考。

面對網路衝擊的世代，文學之創作與閱讀頗有式微之憂，然而我們回應內心、他人與這個世界的渴求卻不減反增，從今年來稿近千件的大幅度成長可以推知。通常高二為投稿主力，然而今年高三的爆發力不容小覷。徵稿截止日設在學測後、開學初，照理說，剛考完大考的考生，能逃離不斷振筆疾書的夢魘有多遠就逃多遠，如何能奢望高三同學踴躍投稿？這一向是歷屆徵稿必然面對的難題。未料，篇幅長達二〇〇〇字，難度甚高的現代散文類，高三竟投了近百件，小小說、現代詩的投稿量亦有相當的成長，令人感動。

猶記得截稿日前一晚，國寫類的投稿量僅六件，小說、現代散文類也才三十出頭，主編與理卷組同仁正緊張地討論是否延期徵稿。星期五一早，辦公室裡一封封稿件竟如雪片般飛來，絡繹不絕的腳步聲，那絕對是終年裡最熱鬧的一天。而我們聽見的則是學生需要書寫的心聲。

青春果真是首唱不停的歌，有說不完的心事，看不盡的星空，上演著一場場追不完的劇……然而所有的美好與感動、挫折與衝突，若無一點壓力逼得自己以筆記下，怕也就這麼消逝無蹤，待要追憶，空呼負負。

以書寫記錄青春感思，除了基本的表達能力，尚需積累閱讀經驗、創作技巧，更需敏於感受生活與勤於思考議題。在文學弱勢的今日，綠園仍堅持各類徵稿，無非是想為綠園的學子提供多元的發聲管道，揮灑於各類文體，以鼓勵適才適性的發展。

小小說是一篇篇獨立自足的小宇宙，除了主題思想的確立，更需巧妙融合人、事、時、地、物與對話於完整的情節結構中，為綜合能力的展現，得獎者以高三居多，在在肯定高中階段於閱讀理解和語表教學方面的成效。散文著重文字的邏輯性與線性敘述，其篇幅由一五〇〇擴增為二〇〇〇字，使文章的脈絡得以從容發展，此為主編的專業建議。現代詩的特點為畫面感，透過意象的選取與經營，驅動聯想，呼喚感應，猶如設計一道道謎題。若說十行詩似一幅畫，主題鮮明，一擊而中；四十行詩則如美術館裡的主題展，透過彼此照應、結構布局，讓人潛泳玩味。

感謝國文科所有同仁的指導與評閱，指點各文類的書寫要點，也針對本期投稿狀況提出了客觀的觀察分析與寫作建議。整體來說，學生的感受力提升了，現實的關懷感深刻了，關注的議題與對象擴大了，敘述的流暢度、語言的精確度亦有所進步，容或表現技巧未盡成熟，對於生命仍懷著茫然倉皇，卻能保有寬容與同情，如實呈現綠園學子的書寫狀況、閱讀涵養，與尚可努力的空間。

詩人里爾克說：「生活和偉大的作品之間，總存在著某種古老的敵意。」作家余華認為：「寫作是一種發現。它通過一個什麼事情，調動過去的生活積累，同時又給它一種新的生活容貌。」可見無論是基於衝突、不滿而激發的思考與書寫，或是召喚過去經驗而產生了新的對話與發現，書寫的最終目的仍在面對生活，處理如何回應自己、回應他人與世界的問題；寫作，從來就只是為了安頓自己。若能透過這本作品集的引領，喚起學子些許書寫的慾望，勤寫常練，使手握的那支筆為思想所馴服，達成某種身心平衡與安頓，那將是我們最欣然樂見的迴響。

輯一　小小說

總評

誰來為靈魂代言？

林世芬　老師

親愛的，你為什麼寫小說？

「我寫小說的理由，歸根結底只有一個，就是爲了讓個人靈魂的尊嚴浮現出來，將光線投在上面。經常投以光線，敲響警鐘，以免我們的靈魂被體制糾纏和貶損。」村上春樹如是說。這次的稿件，即使痛苦的成分多於歡愉，即使茫然倉皇取代了堅定透亮，至少作品中都潛藏著讓靈魂自由的渴望，也都努力朝向一個更理想的世界。

小小說參賽作品共計一百二十七件。第一階段由三位評審各自選出二十～二十五篇。統計之後，得到三票的作品是：〈乘客〉、〈極樂世界〉和〈青子〉；得到兩票的作品有八篇：〈縮影〉、〈原點〉、〈告白書〉、〈黑影〉、

〈鐘〉、〈兩個世界〉、〈姸落〉、〈列車〉；而獲得一票的作品中，僅〈平行宇宙〉、〈南陽客〉和〈送貨員〉被評審推薦討論，其他作品無異議捨去。

第二階段，評審針對入選的十四篇作品，分別就主題與材料、情節與人物、語言表現技巧進行討論。〈乘客〉和〈縮影〉同以失智為題材，〈乘客〉因表現手法更勝一籌而入選，〈縮影〉描寫家人關係和女主人的身心變化稍欠深刻。〈兩個世界〉描寫手機應用程式裡的得意人生，可惜對比的力道不足。〈列車〉談的是生死課題，卻因為草蛇灰線外露，意料之中少了懸疑。〈告白書〉和〈平行宇宙〉皆是六百字左右的短篇，結尾的神來一筆更是亮點。〈告白書〉因為情節高度濃縮、語言高度提煉而勝出。〈平行宇宙〉在雙重人格的類文中算是處置明快，唯人物塑造粗糙刻板。〈南陽客〉談補習班的造神運動與學子的心靈扭曲，文白夾雜語言滯澀，角色心理轉折突兀是落選主因。〈送貨員〉擅長調度場景和引發懸疑，模糊的主題和結局是最大敗筆。最後，評審挑選八篇進入決選。

在第三階段的評比中，獲得前三名的分別是：〈青子〉、〈乘客〉、〈極樂世界〉，其他五篇則並列佳作。前三名的作品都是「好看」的故事，在各個向度表現均衡；也都是「溫暖」的故事，在破碎的現實裡仍有寬容與憐憫。單篇評語列於作品之後，此處不再贅述。五篇佳作則各有特色：〈告白書〉以食物為喻，即使愛得精緻細謹，終究阻止不了偷腥的本能。寫貓？還是寫人？〈原點〉寫一個賭徒的無限迴圈，以情節呈現主角的「試圖」改過遷善和「終於」重操舊業，敘事枝蔓是缺點。充滿神秘氣息的〈黑影〉，透過物件和黑影連結主角對二姨婆的思念，一路節制的悲傷如果不是在結尾突然自白，應該更為動人。頗具哲學況味的〈鐘〉，寫鐘錶匠的工作與生活由熱愛而衰朽的過程；「鐘」的多重隱喻值得推敲。〈姸落〉一文斂抑的筆觸正如主角強自克制的情感。在一片聲嘶力竭、慾望橫流的同志作品中，本文以神龕前的告解、以冤孽定義關係的無奈表達對同志最溫暖的理解。

就主題與材料而言，友情、親情和愛情是同學們容易入手的題材，家庭與學校是曝光率最高的場景。描述人格分裂的作品，呈現青少年自我定位的迷離；校園霸凌、家庭暴力的作品，揭開了光照不到的角落；而今年的同志題材有十五件之多，生態環保、失智老人的作品亦有所聞，在在反映了同學們俯仰時代、關注社會的目光。找到有感覺、有興趣的主題不難，然而若非個人第一手的經驗聞見，最好先收集相關材料，消化之後方能成為創作的資本。

小小說篇幅雖短，情節、人物一應俱全。同學們不妨自我檢查作品：一、這是一個故事？還是一篇內心的絮語？二、小說提出了怎樣的問題或現象？還是沒有任何焦距或任務？三、衝突如何升溫、情緒如何加熱？還是零衝突、零轉折？四、結局如何翻轉、鋪設？還是沒有任何變化？

在表現技巧上，創作者務必時時提醒自己隱身於角色之後，讓角色說話、讓角色行動，別急著跳上檯面說明旨意和解決問題。此外，為了滿足小說跌宕起伏的節律，戲劇性的成分、浮誇的語言操弄在所難免，但創作者與事件、角色可以保持適當距離，以節制而不濫情的態度說故事。

親愛的，請繼續寫。無論是抒發個人之苦悶或是記錄他人之苦痛，故事總得有人說。得不得獎無所謂，只要心裡的那一把火還在，猛火爆炒、文火慢燉都是一道道風味人生。

小小說・第一名

青子

高三勤班　趙運蘭

「阿遠，麥擱看啊，去田裡幫你爸！」阿水嫂扯著嗓子大吼。

「媽，挖災啦！」阿遠不甘願的合上植物圖鑑，那是他用幫家裡送貨時，一角一角偷偷存下來買的。他拖著鬆垮的腳步，沒有直接到田裡，反而蹲下來端倪路邊野花的頭狀花序，思索那是哪一種菊。

阿水嫂見狀後不住地搖頭，她想，在屏東這種地方，會認個植物有什麼用，不想種田就讀點書去臺北找頭路，說不定臺北會有人要這個看草看到呆掉的少年家仔咧！

這時有兩個看起來頂斯文的中年男人從她家門口往屋裡探，阿水嫂一個沒見過什麼世面的鄉下女人不由得驚慌起來，瞬間斷掉方才對阿遠的怨嘆，趕緊到門口招呼。

阿遠仍痴痴地看草，此時一聲呼喚打斷他的思緒。

「你又在看草哦？」

「七妹！你怎麼在這？」阿遠嚇得轉身，就看到一頭整齊的短髮貼在一張白淨的臉上，叫他迷戀不已。

「我媽叫我來找阿水嫂，但她在忙，就來找你聊天囉。」

「是哦……」阿遠搔搔頭，想裝得泰然應對七妹，又想講些有深度的話來討她歡心，假裝自己頗知性，結果一陣錯亂下，卻問出了她心裡的痛：

「你爸回來了嗎？」

七妹沉下臉「我爸喔？聽剛從臺北回來的天成哥說，他在那裡交了一個漂亮女朋友，不想回來了……」

阿遠知道自己問錯了，低下頭不敢講話。

「他明明說捨不得離開我們……」

夕陽延伸出的橘紅圍成了一個巨大的罩子，罩住屏東濕熱的空氣。阿遠在七妹離開後又蹓躂了一陣子，他對七妹的心疼混在這鬱悶的空氣裡，好不舒服，只能再拖起不乾不淨的步伐，苦惱又要用什麼理由搪塞阿水嫂。

彼時一陣狂躁的巨響在不遠的公路上削過這鬱鬱，阿遠趕緊撇頭望去，他知道又是其他縣的「飆仔」在飆車。他很喜歡這個剎那，總想像自己也有一台機車可以載上七妹，轟隆隆飆到臺北去載回她爸。

未至家門，阿遠就看到阿水嫂站在屋外等他，他怯怯地走近，搶在她開口前先說：「拍謝，挖……」

「惦惦，我問你，汝甘災蝦米屏東……鐵蝦米蓮？」

「屏東鐵線蓮？衝啥？」阿遠睜大眼睛，訝異阿水嫂竟然會問他植物，而且鐵線蓮是野外不算常見的物種，加上又有藥用價值，聽說在黑市的交易價格高得嚇人，她知道此事？

原來今天到家裡來的人說他們是從臺北來找屏東鐵線蓮的，想借阿遠之力，帶幾株樣本回去。

「阿遠，你明天就去山上找，他們說找到的話，一株用十萬買耶！」

「十萬！」

阿遠不禁想起黑市傳說，天知道有多少珍稀物種因為這種亂七八糟的買賣而絕跡，他急著拒絕，卻不小心抓住了「十萬」二字。

「隨便你！也不想你整天遊手好閒，以後哪來的錢娶老婆？他們說明天就要，你自己看著辦！」

這晚阿遠實在難以入眠，他又聽到公路上有飆仔在躁動，七妹欲哭的神情浮現，他大略算過，兩株鐵線蓮就可以換到一台機車……他也記得，每次得知又有物種因人類而滅絕時是如何痛心，而今他卻可能要助長這種歪風……月娘持續西移，他只能下決定了。

一早，阿遠到七妹的家門口喊道：

「七妹你放心，我會把你爸帶回來。」

接著便往後山走去。

阿遠在一條細瘦的小道上尋覓，身旁充滿低海拔的樟科、殼斗科……等樹種，底下更是數不盡的蕨、草本、灌木，他不安地踏過它們，平時這些就夠他研究一整天，現在卻得視之為無形，而他甚至仍不確定他的找尋是否正確。彼時一簇淡雅的紫堆在五瓣淨白的中央突進阿遠的視線，他連忙翻起那花的葉子，他肯定那三出複葉、綿長的藤莖，

——是屏東鐵線蓮。

他捏住它的莖，隱隱出力，同時腦中滿布七妹的笑、黑市傳說、阿水嫂的碎念……直覺那朵潔淨的花，這是阿遠第一次親眼看見鐵線蓮開花，他覺得那真的好美、好美……

天黑了，阿水嫂見兒子仍未到家，急奔出家門，便看到阿遠一臉滿足走來，卻赤手而歸。她問那什麼蓮呢？沒找到？

「媽，我明天跟爸去學種田，汝免擔心。」

阿遠不理會阿水嫂的碎念，心想等他踏實地賺了點錢，就去牽一台二手車，然後跟七妹告白。

陳麗足老師評語

屏東鐵線蓮，因其藥用價值，黑市交易可達一株十萬元的高價，來自都會的採購者卻無能辨識，惟獨阿遠認得；七妹的清麗淡雅讓阿遠迷戀不已，而七妹的父親卻深陷繁華聲色，無力抽身。故事情節就在城鄉虛實場域來回擺盪而次第開展，最為關鍵的是阿遠採蓮的當下也如一座吊橋，拉扯在利益與信念之間……，莊子有言：「嗜欲深者天機淺」，而最後阿遠的抉擇無疑是「天機全者嗜欲遠」的展現了。

心橋的擺盪，人我皆然；生命的貞定，自古存之：屈子有「寧誅鋤草茅以力耕乎，將遊大人以成名乎」的探問、古詩傳「涉江採芙蓉，蘭澤多芳草。採之欲遺誰，所思在遠道」之佳篇。作者器識閎深、天機活潑、融通古今、疏朗超曠，在如此經濟的筆墨中，運用「屏東鐵線蓮」此一意象，寄寓普世價值的關懷，令人讀罷低迴不已。

小小說・第二名

乘客

高三仁班　劉文綺

「各位旅客，羅東站快到了，請準備下車。各位……」

到了羅東，窗外的春光明媚、晴空萬里，若沒有車窗上那些許未消去的雨痕，實難想像不久前臺北的陰雨綿綿。車上乘客紛紛起身收拾行李，一時之間車廂吵鬧了起來，我轉頭一望身邊的女士，她似乎沒有準備要下車的模樣，靜靜地看著她的雜誌，我一上車便昏昏沉沉地睡去了，並未注意到她是何時入座的，她打扮得很端莊，眉目清秀，看起來不過三十初，烏黑的中長髮紮成很緊的低馬尾，給人一種乾淨幹練的感覺，我想起我那還在唸大學的女兒秋銘，或許十年後便也能成為這樣一位成熟有氣質的女人吧。

正當我這麼想時，車上服務人員推來餐車，詢問是否購買便當，我和服務人員買了一份蔬食便當，隔壁的女士也買了一樣的。我搓著免洗筷的塑膠膜，雙手卻顫抖得不聽使喚，自從三年前中過風，手腳便不再利索了，隔壁的女士見狀，拿過我手裡的免洗筷，快速地拆了套膜後交還給我。

「謝謝你啊，小姐。」

「沒事。」女士似乎被我的道謝嚇了一跳，但很快的便恢復原本的鎮靜，然後默默地開了飯盒，逕自吃了起來。

我也開了飯盒，扒了幾口白飯，一不注意，一口乾飯卡在咽喉，我連咳了好幾下，差一點兒呼吸不過來，女士連忙從包裡拿出礦泉水，將瓶口湊到我嘴邊，協助我小口小口地喝，終於我慢慢吞下那口飯，呼吸也漸漸緩和不再急促，女士仍然神色緊張地望著我並溫柔的輕拍我的背，低聲嘆道：「都怪我沒注意。」我趕緊握住她的雙手：「沒事沒事，真的多謝你啊，我年紀大了自個兒不注意，還勞你費心。」

之後女士向服務員要了個紙杯，裝了點水，讓我好配著吃飯。

「小姐，妳貴姓啊？」我試著和她攀談。

「林，雙木林。」

「啊！那和外子同姓啊。」經過剛剛一番互動後，我對她又更加有好感。

「要是我女兒也像你一般貼心就好囉。」

「您有女兒嗎？」女士沉默了一會兒道。

「是啊！去年剛上大學，在臺中唸書，學美術的，你這麼年輕，還沒有孩子吧？」

「還沒有。」女士臉色飄過一抹憂傷，但很快的便又消失得無影無蹤，只剩張淡漠的臉。

「念了她很多次，學美術沒飯吃，講都講不聽，大學也是，硬是要跑那麼遠讀書，就為了去學畫畫，真是不懂父母心。」女士帶給我莫名的親切感，我竟不自覺地和她抱怨起家事。

「那您現在還怨她嗎？」

「畢竟是親女兒，能有多怨呢？看她這麼愛畫畫，便也只能隨她了。她自小不知著了什麼魔，別的小孩看電視、打遊戲，她只知道畫畫，小時候的紅包錢還存著讓我幫她買水彩呢！」

「那確實是很愛畫畫呢！」

「可不是嗎？好在她算是有天分，小學的美術課畫了『我的媽媽』，被美術老師推薦去比市賽，起初還哭哭啼啼，說是要送給媽媽的，捨不得交出去，好在老師跟她解釋，說比完賽會還回來，這才好不容易答應，最後還得了個第三名哩！」

「這麼久的事您都還記著嗎？」

「記得啊！雖然我記性也不怎麼靈光了，但是女兒的事倒是記得清楚，這些事情是永遠不會忘的。」

「是嗎？永遠不會忘……」女子露出淡淡的微笑，我第一次看見她的笑容，雖說是笑容，卻乘載著不屬於這個年紀該有的愁緒，我注意到她左邊的臉頰有著兩個淺淺的酒窩，我也有一模一樣的酒窩。

「各位旅客，花蓮站快到了，請準備下車——」

「我之後要搭公車到壽豐，一路上多謝你啦，有緣再見啊。」

「我陪你搭公車回去。」

「不用啦，別再麻煩你了，我自己搭車回去就行。」

「沒事，我帶你回去吧，媽。」

林世芬老師評語

「一列從羅東到花蓮的火車上，兩個鄰座乘客的對話與互動。」

尋常的場景和人物設定，禮貌性的對話和直覺式的反射動作，以為是想當然爾的劇情。作者刻意丟擲的漣漪，微小到只是一個表情變化「女士似乎被我的道謝嚇了一跳」、一聲低嘆「都怪我沒注意」，就連姓氏與酒窩的巧合安排都是發生機率極高、不足為奇的。然而串連這些一閃即逝的信息，兩人的關係呼之欲出，小說的命意隨之浮現——因為媽媽失智，這對母女成了最親近的陌生人。

小說的敘述者就是失智的媽媽，認真操作著十年前的日常，這部分作者寫來傳神；女兒雖然因為媽媽認不出自己而心傷，卻也在媽媽最執著的記憶中得到了溫暖與安慰。小說中的瑕疵是「女士」與「小姐」稱謂混用，略顯雜亂；結局的功能只是證實讀者的猜測，反覆琢磨之後，也許可以翻陳出新。

小小說・第三名

極樂世界

高三毅班　吳亮儒

晨曦未起，她踉蹌奪門而出，右手緊握一只老舊的打火機，左手捏著一張皺巴巴的四開畫紙。

她記得那場雄偉的大合唱，記得那隻禽。一襲深藍袍子，金黃色的目光在純黑色的臉襯托下顯得格外銳利無懼，曳著長長尾羽，像個顯赫的皇室貴族，高貴、威嚴、不容侵犯。

她屏息觀望。臺灣藍鵲，那美麗無瑕的禽，突然張開血色的喙發出幾聲鴉科鳥類特有的粗啞驚叫。群鳥四散，機械運轉聲劃開原本悅耳的合音，震耳欲聾、撼動整片樹林。眼前一棵參天古樹晃了晃身子，綠葉倉皇而落，十人合抱的軀幹轟然而倒，樹身底下微微露出些許深藍和兩根長長尾羽。

「住手！」

她哭喊，閉眼捂耳。然而駭人的機械聲以令人無法承受之速擴大再擴大，像場永無止境的大爆炸……

它不該是這樣。

它應該要是她最滿意的作品，祥和、明亮、生機盎然。

「我花了一星期，」她喃喃，「整整七個不眠不休的工作天。」

一開始，它就像宇宙中所有新生地一樣了無生機但潛力無窮；漸漸，一條條生命誕生於純白無瑕的紙面，她輕舞畫筆勾勒出一株株參天巨樹，那一頂頂碧綠大傘形成一片蔥蘢樹林；她又在右側畫了頭胸前有白色V字花紋的大黑熊，左方林間藏了隻形似貓、神似豹的石虎。上層的樹冠隱身幾隻小鳥，有的珠頸，有的冠羽黃腹，還有的生著一雙金翼；最屬意的，是畫面中間偏上方、她花最多精力描繪的那隻大鳥：紅嘴紅爪、黑頭藍腹長尾，一雙盛氣凌人的金黃目光炯炯然閃耀貴族氣息。

臺灣藍鵲，她最喜愛的禽。

滿意地欣賞剛完工的傑作，夜風鑽入半開的窗口、沁涼舒暢，她輕輕闔眼微笑。忽然，陣陣鳥鳴傳入耳畔，幾個清亮的單音後，許多鳴聲凝聚成一場雄偉的大合唱。她疑惑地睜眼，剛好看見畫中的臺灣藍鵲展翅張嘴，發出幾聲鴉科鳥類特有的粗啞鳴聲。

心臟漏跳半拍，她嚇得失手使畫落地，揚起沙塵。血液衝撞聲充斥耳膜，她發著抖努力說服自己這只是精神不濟所產生的幻象，但畫中的聲音不減反增，驅使她將畫從積滿灰塵的地上拾起。只見沾染畫面的陳年舊灰以驚人的速率凝聚成一個個人形，糊成一團的臉使她看不清他們的表情。她揉了揉雙眼，卻見幾團剛成形的人合抱畫面中央的大樹，數了數，剛好十人。看起來很滑稽，但她馬上笑不出來。

不知打哪來的灰色重型機械蠻橫地入侵樹林，巨木倒下、獸竄鳥逃，她親眼看著一手創造的極樂世界崩毀。那棵十人合抱的擎天古木轟然而倒，底下露出幾撮染血的深藍和兩根長長的尾羽，一聲粗啞的悲鳴勉強穿過撼天動地的機械聲。

「住手！」

她心痛地喊，但這群不請自來的微塵持續以駭人之速蠶食畫中的美。斷掌的大黑熊在金屬導管插入膽囊時筋疲力竭地怒吼，悲壯之聲撼動殘存的零星林木；飛鳥早已不知去向，石虎弓著背對逐漸靠近的機具齜牙咧嘴，想後退卻無處可逃。

「快住手！」

她聲嘶力竭卻無力阻止。更多的塵埃凝聚成更多人群、建造更多灰色冰冷的設施。七天的心血在不到七分鐘毀滅，她閉眼摀耳，嘈雜聲卻在腦海擴大、擴大、再擴大……

拇指擦過生鏽的金屬齒輪，她立在灰濛濛的街上，指尖拈著一支焰紅色的小蓓蕾。初升的日光灑落她單薄的軀體，拖曳出幽黑的闇影籠罩另一手揉得發皺的四開畫紙。

真是幅絕佳的炭筆素描。看見它的人定會如此評論。

但它不該是這樣。

它不再祥和、明亮、生機盎然。

畫面一片黑白，背景霧濛濛全是灰，一幢幢冰冷的灰色建築構築都市叢林，還有一棟由八個倒梯形組成的摩天大樓矗立中央，取代原先的擎天巨樹。右側一隻兩腳站立、胸前有道白色V字花紋的黑熊吉祥物，一臉憨笑地舉著兩隻毛絨絨的手掌，一群同樣由塵埃組成的人簇擁著他做著一樣的動作。

這次，她看清他們的面容：嘴角上揚、皓齒全露，臉上滿是笑意，彷彿正得意地昭告天下：這只有黑與白的天地是他們的極樂世界。

一珠溫熱的液體滑落，朱紅色的蓓蕾親吻紙面，瞬間開出一片火紅花海。

風起，她含淚鬆開緊捏紙角的手指，火舌迅速吞噬一切。矇矓間，似乎有一抹高貴的深藍在風中旋轉、盤繞，融入茫茫金光之中。

莊凱如老師評語

這篇探討生態議題的作品，出色之處在於表現手法的匠心獨運，頗有魔幻寫實的筆調。

「圖畫成真」、「塵灰為人」，一切看似離奇的發展，卻落實在臺灣最具代表性的物種與現代化的臺北地景之中。人物出入於虛實之間，場景的變換勾連，毫不馬虎，流轉自然。在有限的篇幅中，情節由「創生」、「失控」到「毀滅」，安排緊湊，架構完整。

有如創世紀的宏願，小說中的畫者對筆下的生靈充滿讚賞與深情。在作者細膩寫實的文字描繪之下，讀者也走進這幅以臺灣藍鵲為視覺焦點的風景畫，同時聆聽一曲以鳥鳴為主旋律的森林交響曲。而當人類入侵之後，一切面目全非，有如一部失控的黑白動畫。

小說最後，畫者親手燒毀自己精心繪製的作品，最初的「極樂世界」，指涉因而翻轉。在創生與毀滅的張力下，當一切灰飛煙滅之時，讀者心中留下的是揮之不去的愧悔，和臺灣藍鵲的美麗與悲歌。

小小說・佳作

原點

高三真班　黃馨慧

打開琨叔家的大門，第一眼看到的是一幅裱了框的鴿子照片。灰色的身體參了綠色和白色的毛，擁有紅褐色瞳孔的眼睛散發銳利的眼神，牠是得了亞軍的賽鴿，曾是琨叔的希望。至於牠現在過得如何，沒有人清楚，估計不是病死，就是離開鴿子籠了。

每次見到琨叔，他總給人留下非常深刻的印象。壯碩的身材，油油黑黑的臉映在燈光下，在所有人面前，他看起來意氣風發，好似一整個家族的大哥。事實上，琨叔是第四個，也是最得寵的兒子。他不擔心沒錢養家養鴿子，因為只要琨叔開口向伯公要錢，要幾萬就有幾萬，但是其他努力工作的兄弟早已看不慣如此作為。當然，琨叔沒有工作，因為他相信只要好好飼養眼前這批鴿子，總有一隻能像曾經那隻亞軍賽鴿，給琨叔賺進大把鈔票，不再入住殷姐的娘家，獨自養活一家四口。大家在暗中都笑殷姐傻，嫁給這個不務正業的，但殷姐不曾有任何怨言，倒是琨叔的兩個孩子成天抱怨他們的父親老是往蓋在郊區的鴿子籠跑，一點也不關心他們的生活。

琨叔三天兩頭跑回伯公家要錢，大家也習以為常，但這次回來，琨叔居然不提要錢的事。

「五十萬，這是最後一次。我不玩賽鴿了，我打算經營小吃攤，雖然收入不見得穩定，至少和賽鴿比起來，這個職業正當多了。我實在受不了一直被看不起，被認為是不務正業。」想到勸諫琨叔多年終於覺悟，一旁的兄弟聽到此言，紛紛稱好。琨叔正好有個賣滷味的朋友，向那位朋友請教後，他抱持著希望和自信在自家門口開業了。

金黃色的滷汁在陽光下顯得刺眼，熱騰騰的滷味在寒冬裡，對於路過的人來說是一種救贖。熱氣凝結成煙，隨著氣流向上，到了極限才消散。琨叔的滷味攤生意一天比一天好，月收入足夠養活一家四口還有餘。一陣強風吹起帆布，琨叔閉起眼睛，聽那帆布迎風發出的啪啦啪啦聲，像極了鴿群振翅的聲音。此時琨叔彷彿身在郊區鴿子籠，輕撫每一隻賽鴿，心裡期望總有一隻能像當年的亞軍賽鴿一樣。「老闆，我要一份滷味。」突然客人的聲音將琨叔從幻想拉回現實。「唉，我說過不玩的。」琨叔轉頭看了一下辛苦備料的兩個孩子，決定投入更多心力在滷味攤上。

某天半夜，原本寧靜的街道出現騷動。棍棒打擊的聲音，酒瓶碎裂的聲音和猛烈的嘶吼居然沒有吵醒琨叔。此時他正在做夢，夢想脫離經濟拮据的生活，買了更大的房子，有閒錢把賽鴿當成興趣。琨叔隱約聽到那些聲音，在夢裡，那些是恭喜琨叔賺大錢的歡呼聲和鞭炮聲。現實不見得會順從人意，它來得太突然，常常讓人心急，以至於做出倉促的抉擇鑄下無可挽回的錯誤。

「天啊！這到底是怎麼一回事？」一早出門採購食材的殷姐被眼前的景象嚇成傻子，無法動彈。散落一地的食物和鍋具，攤位已不見原形，成了一堆爛鐵。從警方調閱監視器得知，昨晚兩個窮醉漢在路旁打了起來，而這場打鬥剛好波及琨叔的滷味攤。「完了，一切又必須重新開始」，琨叔心想。他急需錢，很多錢，以彌補損失。就在琨叔思考該如何在短時間內賺一筆錢的時候，突然一通未知號碼來電。原來是以前和琨叔玩賽鴿的朋友當初靠關係購入冠軍賽鴿生下的五顆蛋，如今那些蛋已經孵化成能夠上場的賽鴿。「我早說過我不玩賽鴿的。」「但你需要錢，不是嗎？」電話另一頭的人用慫恿的語氣說。「你怎麼知道我……」，話還沒說完電話掛斷了，留下內心極度糾結的琨叔。此時他的狀態就像卡在食道中間不上不下的食團，然而他終究還是得在兩個方向之間做出選擇：逆流而上能重獲自由，或是順勢而下準備接受早已被安排好的過程和結局。

鴿子振翅拍打欄杆的聲音將琨叔叫醒，今天他又睡在鴿子籠旁邊。琨叔把原本的房子賣了，全家搬進郊區鴿子籠附近的農舍。琨叔輕輕撫摸著那隻冠軍鴿的子嗣，牠是他的希望，總有一天讓琨叔不依靠伯公或殷姐的娘家大賺一筆。

小小說・佳作

告白書

高二和班　林宜樺

又一個黃昏，你經過我窗旁，不馴的步伐踩踏我心頭，斜陽流轉在你琉璃似的瞳眸裡，睥睨我微塵裡的一顆癡心。

我打開窗子，空氣裡盡是花香，這方圓百里沒有一支花，那是我千里迢迢摘採來的紫羅蘭。紫羅蘭的花語是小心翼翼守護的愛，如同我呵護你桀驁的每個眼神。我把它放在窗外，最打眼的地方，你一眼就能望見，若你為此停駐片刻，哪怕只一秒的時光也將充盈著欣喜。

我知道你是一位旅人，瑣碎的話語無法留住你，街頭巷尾多少對戀慕的眼睛也不能，你只屬於旅人的四季，書寫在幾本鮮少翻閱的書冊上，偶有註解。所以我無意圈養你，桎梏會磨損你的美麗，牢籠會剝除你的野性——我不願意！這將是一種殺害，那罪孽過於沉重。你的靈魂活在自由，於是我在自由中愛你。

我今日仍舊為你烤了一片提拉米蘇，咖啡與巧克力苦甜相織，甘醇的酒香一如醉人的你。我不願學隔壁姑娘的小伎倆，烤魚實在太過俗氣，配不上你高傲的名；木天蓼更是荒謬，我不能想像你癲狂舞動的模樣，你的身姿應當鎮靜而優雅，永不耽溺於慾望的漩渦。

蛋糕與紫羅蘭的香氣交纏擾動，你竟停下了腳步，深邃的眸子一轉，將我釘在那雙動人的愛戀裡。我的心緒高高吊起，好似降不下音階的曲子，只能忐忑地持續唱著高音。

你側了側頭，我瞬間懂了你的示意，趕忙將瓷盤放上窗臺，任你打量我幾個小時的心血——此刻我多麼希望自己正躺在那瓷盤上，即便因此醉得死去，或許也能算得上殉情……

「喵！」

你推落瓷盤，俐落地躍下窗臺。我的心也碎在一塌糊塗的提拉米蘇裡。

唉。他一定又去隔壁吃烤魚了。

小小說・佳作

黑影

高三儉班　莊蘋

又是這條巷子。顧不得的紅燈是尚未分解的視紫質。永和豆漿踩著紅線撞入角膜，噴進水晶體是土地公廟的霓虹燈，道旁機車黏上視網膜，熟悉的泛黃興奮了視錐細胞——視覺皮層隨後被模糊招牌佔據。巷子讓飛舞的髮梢拖成一縷煙，清晨柏油路上騰起。安全了。

大口吐氣，噴出一口紫羅蘭色的煙。暗處黑影隱約。

「還睡，都幾點了，我要自己走了啦！」蜜糖色的煙半口哽在喉裡。

這麼多年了。不管被殭屍或拿著「家罰」的阿嬤追，只要這巷子天際線上的初曙浸潤全身，一切就都能煙消雲散。枉費夢中千百次輪迴，我仍舊想不起在何世來過。

前庭和聽神經裡的鈉離子通道忙著開關，房中的吊燈倒睡得安穩。邊套上毛衣邊笑母親打不會有人接的電話——二姨婆要是肯接，我們還需要跑一趟看她嗎？鉀離子無奈被擋下。

出了站，往右拐進一條小巷，早餐店的鐵捲門方要蠕動向上，天公爐裡寥寥的幾支殘香無助地呻吟——喔不，是灰燼。還有……「奈可阿，妳要去哪？這邊啦！」招牌上的筆劃耽溺在海馬迴——何無雜貨店。怎麼會……

店門口有兩張涼椅，一個男人佔著靠牆那張。架上擺最多的是米酒，還有裹了塵的零食。「怎麼不跟舅舅打招呼？」我當然有，不情願但還是照做了。嗅球穩定地搜索能和記憶連結的一切。舅舅笑了，牽動的肌肉像冷凍生雞肉，我們大概是微波爐。我也笑了，不過因為看見板凳上的紅包袋。每年都是二姨婆的壓歲錢最不吝嗇。旁邊有一條樓梯，陡著上去是道鐵門外的新漆紅柵欄。

嘎吱聲尚未了，嗅細胞已讓燒香味薰焦。燭光中，財神爺和祖先牌位顫巍巍。這裡，時光不靠站，電視機囈語心煩依舊，劍咬獅猙獰依舊。二姨婆似乎還在沙發上嗑瓜子。滑開鎖屏。學測倒數四十九天。底下還有一個倒數。太好了，我歡呼道，考完剛好帶二姨婆去吃生日大餐，怎能每年都讓她請客呢？吃海產好了，二姨婆最……一個黑影竄過。

是它，一定是，蹙起的眉向我保證。從前二姨婆說那是家裡的護法，因為還小，我便信了，畢竟總比把它當成惡魔來好的太多。「要不要咖啡？」舅舅輕聲地問，像怕聲波會震碎什麼的。「好阿，我跟奈可一起喝一杯就好」。也好，我要是喝得太多，心臟瓣膜就有理由罷工了。「二姨呢？我們有帶她最喜歡的瓜子來。」「出去了。要不要奶泡？」咖啡機煞地住口。誰也沒注意到的嘴角抽了一下。是阿，二姨婆出去了，而她的御用司機還在這裡泡咖啡。二姨婆的肺水腫似乎惡化了，不見我們大概是怕我們擔心，可是她病著我卻見不到她……突然想起過年時二姨婆在電話中虛弱地交代我要考上醫學院。珠簾後有黑影隱約。

考完後的第一個禮拜。何無雜貨店的鐵門攤在地上。

等一下會看到那條黑蛇嗎？我隨口一問，只為了打破尷尬的沉默。「什麼黑蛇？在哪？」母親驚慌地張看。就是那條常常在供桌附近徘徊的「護法」阿！「小孩子不要亂講話，哪有什麼護……」「碰！嘎吱……」幸好門開了，不然我們一定吵起來。

嘎吱聲依舊，燒香味依舊。除了淚蠟哭得溢出來也沒人管外，還有就是桌上的牌位似乎更擠了些。「可惜……她等不到了」收縮過度的心肌發出最後通牒。為什麼阿？我這麼聽妳的話，我認真讀書，都只是為了……妳又怎麼狠地下心？往沙發一躺，想裝作聽不見母親說話，才發現早就只剩嗚咽陣陣。可是外頭很冷，我想。舅舅沉默地把泡好的咖啡放在我面前。上樓的樓梯陣陣嘆息。

就差二十幾天阿！老頭和列祖列宗都在恥笑我。考差了又怎麼樣？最後一刻也沒讓妳見著的我，我……到頭來註定是讓妳失望了……使勁捶著絞痛的心臟，不知是誰把那包瓜子放在桌上——大概再也吃不完了吧！咬著牙不讓自己發出聲響，但爆破的聲帶磨擦和嚴重抽蓄卻讓我聽起來像在狂笑。喉嚨裡隱約了腥味。隨它去。閉起眼下意識地舔去了唇上的血。

對著牌位發誓，這次妳不會再失望……

一道黑影隱約壓上肩頭……

小小說・佳作

鐘

高三禮班　張汝禎

老山米可能腦袋已經不太清楚了，但他仍熱愛那些鐘。

當初，他剛自 ROLEX 首席鐘錶匠的位置退休，在鎮上開了自己的店，店裡的生意總是好。「山米鐘錶店」的招牌才高高掛起，人們就已經打聽得清清楚楚：

山米，最好的鐘錶匠，出身鐘錶世家，擅長各類型鐘錶修繕。退休後將要回到家鄉的小鎮，替鄰人們服務。

山米回家，帶來的將是全鎮居民的福祉！

開張那天一早，山米鐘錶店就門庭若市。找出家裡荒廢好久的老爺鐘，排隊的人們抱著個比自己要高要大的鐘，手腕上掛滿了家中翻找出的各式手錶。找不到鐘修理的人，也硬是要替自己的地攤貨電子錶換個電池。人們爭先恐後地要見識一下，名牌保證、最好的鐘錶師傅究竟是怎麼樣的一號人物。

店門被拉開的剎那，陽光灑進新落成的玻璃店面，但是店面裡的光芒似乎比太陽還要耀眼。正值中年的山米，頭戴修錶匠專用的探燈，開始熱情地向每一位客人分析鐘錶的狀況。「鐘！多好的一個鐘……」在山米的眼中，沒有什麼鐘是無用的、沒有價值的。沒有修不好的鐘，無論多老舊多殘破，一經他的巧手，都可以像嶄新的名牌鐘錶，運轉順暢。

山米所帶回家鄉的，的確是全鎮居民的福祉！

山米對人們總是親切和藹，但對他而言，那些排隊的人龍不是他的客戶，鐘才是。他很樂意和人們聊天，和人們談談鐘錶的運作，但他最交心的朋友，還是那些鐘。

「鐘！多好的一個鐘……」山米總是這樣說。

修理鐘錶，對山米而言，就像與老友重逢。老友間互相寒暄關懷，鐘錶匠讓鐘錶回復青春年華，而鐘錶使鐘錶匠的事蹟永垂不朽。

幾十個年頭過去，山米從沒讓人們失望，他說好的鐘就肯定好，他說用了多少年的老鐘，時間算得比時鐘自己還要清楚。

他對鐘錶的愛勝過一切，勝過金錢，勝過妻兒，甚至勝過自己。

或許這就是為什麼，當老山米的妻子離開他的時候，人們同情他，更勝於驚訝。

山米肯定忘不了，那天，他那端莊賢淑的妻子是如何用她那美麗的大眼，以一種他從沒見過的哀怨眼神，指控他的無情無義。「你愛鐘錶，勝過愛你的妻子！」

也是從這時開始，人們發現，原本運作正常的鐘，走走停停，拿到山米的店再修，店門卻常常緊閉著。

失去了鍾愛的妻子，原本開朗熱情的老山米脾氣變得暴躁易怒，加上兒女們早已結婚成家，一夕之間，鎮上的大人物轉而成為一個頹喪的獨居老人。年紀大了的山米，本就輕微的健忘，而今，急遽轉為失智。人們常看見山米的店門口坐著個蓬頭垢面的老人，衣衫破舊，周遭都是屎溺。沒有人敢靠近辨認，但失智老人與脾氣暴躁的老山米之間的連結，已默默在人們心中成形。

但鎮上就這麼間鐘錶店，儘管老山米的壞脾氣愈來愈難以忍受，鐘錶店偶爾營業的幾天，仍是門庭若市。

老山米仍然專業，但人們漸漸發現，已經修好的鐘，再損壞的頻率愈來愈高。「山米確實老了……」人們都心知肚明，但誰也不敢向易怒的老山米提出退休的建議。更何況，人們無法想像沒有山米的小鎮。

人們永遠不會忘記，曾經有整整一個星期，山米到外地去，而鎮上的鐘錶全都像失了準的磁針忽快忽慢地不停亂轉。

或許山米和鐘之間，真的藏著什麼連結吧。而這也是為什麼，沒有第二位鐘錶匠，能成功在鎮上收攬到自己的忠實客戶。

或許也是因為這樣，人們從沒想過，他們引以為傲的鐘錶匠，會拋下他摯愛的鐘遠去。

但，那遲早要到來的。

這一天，鎮上所有的鐘，全都停了下來，人們拿著鐘去山米的店裡，店門卻仍然緊閉著。

生活當然不能沒有時間，於是人們輪流排隊，非要等到老山米開門不可。

一天，兩天……，等到第七天，整整一個星期又過去了，人們沒有等到老山米，當天排隊等待的人們卻都聽見緊閉的店門內，傳出久違的語音。「鐘！多好的一個鐘……」

同時，所有的鐘發出低鳴，在剎那間，一同凝結成了永恆。

從此，這個小鎮只有鐘，沒有時間。

而鐘錶店裡，陽光依舊，卻已不再輝煌。

小小說・佳作

妍落

高三勤班　陳韻淳

煙霧的微塵緩緩浮動，帶著檀香的氣味飄向阿介的鼻。他呼嚕嚕打了個噴嚏，抬頭看了看神龕端坐的觀音像，上頭寧靜的神情卻令他喉頭有些發苦。菩薩的笑似乎總帶點戲謔的味道，成千上萬的手指撥動，細數他的冤孽。

他那無可救藥的冤孽。

攪了符咒的黑水，上面印著那人的臉，捏著鼻子一口吞下去，味道像稀釋的油墨拌紙，舌尖麻麻辣辣，異常乾澀的喉頭卻莫名嗆出一股腥甜味來。

阿介舔了添上唇，知道那是鮮血。

啾啾……是冤孽、冤孽來了。啾啾……門鈴清脆的聲響，配著志龍略有些拘謹的溫厚笑意，身後迤邐一地，是暮春殘喘的眷戀。那有些過於濃烈的眉，搭在志龍炯炯的深色瞳眸上，嘴角卻配著不屬於他陽剛氣的溫柔，淺淺梨渦脈脈含情，隨意揮舞的臂，是在暗示他們多麼相熟嗎？

他是冤孽。志龍，他是冤孽。

該死。阿介咬著牙根低低頭，躁動的心緒壓扁成一抹淺淺的、得體的、同樣溫厚的笑，「吱呀——」拉開鏽蝕的鐵門。

他的唇、他的下巴、側頸剛直的線條……。

真他媽該死。

志龍看向他的眼濃濃的像墨，化不開，讓他不敢直視。

阿介試著用最迷離的眼神盯著他，歡快的聲音是他不認識的自己：

「找大姊嗎？」

志龍神色一凜，將手指抵在唇間。

「嗯，先噓啦。」

他左顧右盼確定沒有人，才從懷中掏出一個深藍色的小盒子，輕輕放到阿介手上，語氣中有神祕兮兮的、壓抑的興奮。

「來，給你看。小心點拿喔，很貴的捏。」

阿介打開手中湛藍的寶盒，戒指上鑽石的光亮刺得他雙腿有些痠軟。交到他手上的，是志龍許下的承諾。

只可惜，是給大姊的。

他眼前的視線一片模糊。

大姊第一次攜濃眉大眼的志龍回家，阿介曾毫不留情地嘲笑過她的審美觀。溫吞、老實、沉默，講話還有點大舌頭，看起來，就滿笨的嘛，阿介這樣跟大姊說。那時神龕上的觀音，笑意仍和煦如惠風。志龍帶著暖暖的小麥色出現，在那個鳥囀花開的春天，在那個後母面的春天。

他其實發現了，志龍瞳中墨黑的深淵，沒由來地令人心悸。

他以為自己對親暱笑語早有足夠的免疫力；他以為自己已經認命，就是一個人、一輩子；他以為旁人的幸福，從來與他無關。志龍和大姊，明媚張揚的銀鈴在他們的春天一遍遍響起，但阿介的春，在開始前就夭亡。

那次一起吃飯，拚命將志龍推向姐姐身側座位的他，口中喊的是虛偽殷切的玩笑，滿腦子卻只想著，還好、還好志龍坐左邊，我左邊的側臉比較好看。這樣的想法令他心慌。整場飯，阿介的牙齒和手都在打顫，湯瓢一歪撒了整桌，潑出去的卻早在一鍋湯之外，蜿蜒從桌沿流下，是心臟淌出的血。

他在神龕前跪了整夜，虔誠的心再也無法停止顫抖。淚水無法洗盡他的惑，觀音的笑，從此蒙上一抹邪媚的神色。息心凝神的檀香不知怎的吸進去暈呼呼的，阿介摸摸自己被淚浸濕的臉，知道是中毒了。

但他不敢、更不能講。他只能站在衣櫃長鏡前楞楞地打量自己，猶豫著是否應該踏出去，被輾個粉身碎骨。

風前欲勸春光住，春在城南芳草路。

他張嘴欲言，卻留不住春。

夢迴人遠許多愁，只在梨花風雨處。

志龍伴著明媚的春來，可惜伴的是三月暮春，梨花將落。而他的眷戀，竟只能蔓延一個四季。

「五、四、三、二……一。」筆挺的黑西裝更襯出阿介蒼白的面色，他的嘴唇虛弱地蠕動、數著數，蹭著皮鞋跟，艱困地邁開步伐。死死捏在手中的致詞講稿已被蹂躪成紙團，上頭的字跡也被汗水漬得模糊不堪。還是要走，即使一步步踏著的，是自己鮮血綻成的紅毯；還是要走，用苟延殘喘的枯枝落瓣，護那一株開在早春的並蒂花。

大姊紅潤的面龐幸福漫溢，伸出手寵溺地撥了撥阿介有些凌亂的頭髮。指上的銀環有刺眼星芒閃動，是菩薩的光，來收他這個妖孽。

還清了吧。阿介閉上雙眼，聽見最後一片花瓣落地的聲響。

輯二　現代詩

總評

以文字為翅膀，畫心靈的想像

高誌駿　老師

詩是想像的語言。現代語言學之父索緒爾說：「離開了語言文字，思想就成了一團雜草。」透過感官的知覺，開啟了對於世界的認識，通過想像的活動，建構出理想的面貌。語言與文字，便是呈現這一切的工具。然而鎔鑄二者，豐聲富色，化節奏為行，凝意念成象的，便是詩了。

本期綠園文粹的四十行詩徵文總計收到一百二十七件作品。在第一階段，由三位評審老師各自挑選出十二至十五篇進入複選。經交叉統計，獲得三票的有：〈盥洗〉、〈魚說〉、〈蕁麻疹〉、〈親愛的〉、〈我們仍然脆弱〉、〈黑夜帶走誰〉、〈於是幸福圍成圈〉七篇。獲得兩票的有：〈音樂之鷹——嗩吶〉、〈六度空間教室〉、〈失意金魚〉、〈貓熊〉四篇。由於獲得一票的作品過於分散，經評審討論後，僅有〈遺書〉一篇獲得保留，進入第二輪複選。

至第二階段，三位評審從立意取材、結構形式、音律節奏與語言風格四個面向，對此十二篇作品進行討論。在取材立意方面，有以個人情緒出發，從微小之「我」，擴大至普遍情緒思索探究的，如〈親愛的〉、〈黑夜帶走誰〉穿梭背叛與包容、交織遺忘與追憶。也有從日常生活汲取巧思，添不凡於平凡者，如〈蕁麻疹〉、〈盥洗〉。亦有以物聯想，化音成文者，如〈魚說〉、〈失意金魚〉、〈貓熊〉、〈音樂之鷹——嗩吶〉等。在結構形式上，入圍的作品多能運用現代詩分行、分節的形式，或推移延續，或轉換對立，呈現個人思考與創意。如〈我們仍然脆弱〉一篇，以整齊形式巧妙開啟每個段落，進而表達「我們」實則堅強的企圖。音律節奏則成了此次評閱的關鍵。詩作為運用文字的一種藝術，節奏可以說是其生命。閱讀一首富含音律節奏的詩，可比聆聽一場豐美的演奏會。思緒的千回百折，情感的蔓延滋長，自然影響讀者心緒的起伏流動。如〈親愛的〉中間以五行一式，道盡自己來不及想起、阻止、計算、警告的情緒，步步加重了語言的力道；又如〈於是幸福圍成圈〉以長句綿延幸福洋溢，令人讀來細密有味。

最後，語言風格是詩人個性的展現，無論意象的經營還是形式的切斷；韻律的調動抑或語法的安排，均須作者匠心獨運而渾然生成。

寫詩是心靈活動體現的過程。首先，必須用心體察這個世界，唯有如此，這大千世界的片片風景，方才與你的生命產生聯繫。其次，聚焦心中想表達的情感，也就是意旨。再者，思考呈現的方式：該如何表現？選用哪些物象？運用什麼修辭？表達何種感受？由內而外，圈圈發散；再由外至內，層層聚攏。立意、結構、音律、風格兼而有之，方能形成一首好的長詩。相較於十行詩的短小精悍，四十行詩應在結構上進行更有層次的開展；較之於散文，四十行詩也應在節奏音律的呈現上更精心琢磨。

整體來說，本次投稿的作品與過去仍有類似的情形——落差明顯。有的作品立意甚佳，架構卻虎頭蛇尾；有的作品力求平易，語言卻流於散化俗套；有的嘗試挑戰困難題材，意象繁複晦澀，終致語句費解、詩意不明，雖勇氣可勉，但不能說是好的作品。反觀最後的出線的九篇得獎作品，在各方面都能保持平衡，實屬不易，可供有志創作長詩者取法。

要知道，詩沒有一定的作法，也沒有一定的解釋，「詩無達詁」說的便是這個道理。不變的是，在寫詩的時候，我們用心觀察；在寫詩的時候，我們巧設比喻；在寫詩的時候，我們精雕琢磨；在寫詩的時候，我們獲得滿足。透過詩，我們的心靈便有了與他人溝通交流的可能。米蘭昆德拉曾說：「美，就是兩個不同的年代跨越了時光之距，在相遇時迸濺激射的火花。美，就是對編年紀事的棄絕，就是對時間概念的反叛。」而詩，也是如此。年輕且善感的心靈們，繼續寫詩吧！

現代詩・第一名

親愛的

高三禮班　柯姵妤

親愛的我是你夢中戴鐵面具的那位
刀疤騎士
雖然不情願稱你為親愛的
在扭曲的長寬高
在縱橫交錯的記憶
你是唯一一人
在我身後保持同一種斜率

親愛的我來不及想起

想起我們曾共乘一架思想
目的地是德米安最後的吻
旅途中不懷好意的鏡子在到處
聽　犀利的反光正低聲誘惑

親愛的我來不及阻止
阻止你偷窺鏡子裡的怪物
像你不太像我
千萬面鏡子裡有千萬頭怪物
千萬頭怪物的面孔映出乖巧的茫然的怒火

親愛的我來不及計算
計算在聞到鏡子破裂之前
你的殘忍和懦弱都比我快

無法逃離對上路西法的視線後
眼淚跟隨碎片扎進了拳裡肉裡血裡回憶裡

親愛的我來不及警告
警告丟棄羽毛的代價
你服從已不完整的鏡子仔細描摹天使的模樣
在怪物乖巧的茫然的臉上狠狠一刀又一刀
啊你笑著說化妝舞會的樂趣

親愛的我是你夢中戴鐵面具的那位
刀疤騎士
其實我早已願意稱你為親愛的
你曾為我難看的疤訂做密不透風的鐵罩
請不要愧疚，即使活著

以同一種斜率
你不知道
我用面具底下蒸騰的歲月釀成的一壺原諒
要送給我的親愛的

＊註：本詩概念、部分詩句意象參考赫曼・赫賽《德米安：徬徨少年時》、韓國團體防彈少年團韓版音樂影片Blood Sweat&Tears影像內容。

陳美桂老師評語

尼采《查拉圖斯特拉如是說》：「若欲孕育跳舞之星，自我中必存有混沌。」如何面對混沌的自我，讓生命還能舞動，在年輕的時候，以詩穿越活著的界面，讓靈魂的分裂與完整，在詩作〈親愛的〉中，就是一再對話的「自我之歌」。

作者採用立體派的手法，透過鏡像的處理，曲光的斜面，以各種神奇的魔幻，讓夢、面具、刀疤騎士、怪物……頻頻在意識中掙扎，守護者與受難者，天使與惡魔，在苦痛中有溫柔與和解，這是懵懂世界轉化為理性之前，最深最重要的命題。

〈親愛的〉以六段複沓的形式，作為共乘一架思想的唯一那人，在血肉交雜的成長中，碎裂的殘片，難看的傷疤，甚至虛假及毀壞，都有重新復育、重新拼整的可能。

生命底層仍有一潭淨水，一層光面，一些紛擾，一些困惑，幸好，徬徨中仍有一聲堅定的低絮，「要送給我的／親愛的」，是你也是我的，關於愛與信仰的，唯一的靈魂。

現代詩・第二名

黑夜帶走誰

高三禮班　吳道萱

飄飛的簾拉起午夜藍的天半開半掩
雙眼在昨日與今日之間往返
空氣中晾曬著夢與日常的背影
枕上的氣味依舊在鼻尖拍打著驅除塵蟎
爬上幾枚指紋不停在耳畔翻找幾片油膩的皮屑
然而安適的夜晚過於乾淨
我在垂危的邊緣過敏
或許是黑夜帶走你

灰藍的天安撫蠢動的簾半明半暗
酸澀從意識的流裡向眼眸襲捲
窗外街燈，朦朧使我如微塵
飄盪在每個微冷的清晨
掉落在每條被撫過的被單
或許摺好就不能蓋上更不該沉入夢鄉
然而獨自清醒在暝色之中過於危險
我在無氧的夢海裡大口喘息
我讓黑夜帶我走

靜謐無爭的夜有簾與天半夢半醒
害怕跟著你顫動的眼皮在生與死的交界逡巡
想像隨著你不規律的心跳在夢海中沉浮
迎著光的櫥窗有一束塵埃

罩著你已被我晾曬過
卻依然冰冷的被單
念此際枕下應還留有你的失物招領等待著
誰來將你輕輕提起
離去時的道別沒有聲響也沒有足跡
道別包覆在每個等待被喚醒的柔夢之繭
然而你的繭對於我
是一張過於模糊的面容沒有輪廓
我在慵懶的夢鄉放棄抵抗清晰
應該是黑夜帶走你

連雨天都放不過微亮窗景旁被保存的一份詩意
半推半就
摺起我的被單和你

一起疊放在記憶的甬道
應該是你來過然後我飄進篝火
應該是我夢過然後你落在胸口上
一首過於機密的詩裡
我看著黑夜帶走你而讓日復一日的
黑夜帶我走

高誌駿老師評語

本詩無論在字句的安排、節奏的經營、意象的使用上，都相當成熟高明。特別是詩中呈現出迷人的音樂性，透過詞語的切斷與句意的轉折，將此一困難的主題──「留／逝」表現的十分出色。全詩分為四小節，藉由精準的意象，彼此串接，相互呼應。作者以時間為線，情感為軸，透過「簾」與「天」，帶出開與掩、明與暗、夢與醒的對立意義，環環緊扣主題，使整首詩恍恍惚惚，極富美感。

一首好的詩，能同時具備合理與矛盾。合理性使讀詩的人同感共鳴，矛盾處讓讀詩的人咀嚼滋味。詩中一開始的「或許是黑夜帶走你」、第三段的「應該是黑夜帶走你」呈現的不確定性，直到尾聲的「應該是你來過」、「我看著黑夜帶走你」揭露謎底，並將「你」、「我」巧妙的交替安插在各段的最後，強化了「誰」帶走「誰」的懸念。如同詩末所言，這是一首「機密」的詩，以層層機關道出秘密，道出過去，道出自我，道出對於逝去的留戀。

現代詩・第三名

於是幸福圍成圈

高二讓班　張挽淳

飄渺的白煙勾搭上一句家常
圍成幸福的圓　繞圈圈
路人都要繞道行走
是怕心裡某一處的電影情節就這樣呈現在眼前　毫無預警的　你說
沒有感受過的幸福　你接不住
遠點吧　免得火光蒸發了心中那池
未乾的夢

炭火加熱著彼此的溫度　好像又熱了些

今天他們向全世界宣示著：我們很幸福
你看　月亮是那麼圓
缺了一角的不適合出現在這樣美好的一天

恰如其分的煙燻帶著點二氧化碳
今天它們得以不用背負空氣污染的罪名
我說那二氧化碳裡藏有幸福的分子
請別問我　我是從小說裡看來的
令人著迷的氣味總勾引著我心中的電影情節
就讓我深陷在這曚矓的氛圍　貪婪地吸吮
哪怕煙霧入侵了乾癟的肺葉

徐徐地勾勒出日常　在有來有往的話語裡
幸福互相投遞　冉冉升起

似是約定好的
誰也不許破壞這樣的和諧
抬頭仰望
一個個煙圈繚繞著　月亮被遮蔽地愈發朦朧
曖曖不明

吳玉如老師評語

「幸福」是一個再日常不過的概念，易寫而難工，但是，當「幸福圍成圈」的意象一出，整首詩的層次、視覺與想像瞬間豐富起來。

關於「幸福」，相關的書寫甚夥，而它其實是簡單而當下的、滿足的感受，更多時候，它也是一種模糊的感知。作者起筆以「縹緲的白煙勾搭上一句家常」，簡單地為幸福勾勒定義，然後，整首詩便在此基調上，營造出氤氳圍繞的幸福感。

全詩並未著眼於有關幸福的具體描述，只通過「日常在有來有往的話語裡」一個簡單的句子強調幸福的特質，並且透過帶著二氧化碳的煙燻、電影情節、曚矓的月色等多角度的情境，創造了深入淺出，淡中有味的詩境。

可貴的是，作者雖只聚焦在「幸福」這個平常的單一概念，但在表現手法與意境的鋪陳上，是不落窠臼，詩興十足的。「幸福」乃人所企盼，它看似簡單，卻未必易得，詩末的「曖曖不明」一句，也提醒了此刻被幸福所包圍的人們，餘意不盡。

現代詩・佳作

遺書

高二儉班　陳妍希

很久沒有寫詩提及你所以今天寫了
關於技巧層面
我想是應該盡量避免太多的「嗎啊吧了的」
像生活應該避免太多的傷心和笑匱乏
像大多數的時候我都相信我們是能做到的

戴上眼鏡之後就沒辦法哭了
看得太清楚的遠方的人
不知道是不是也在看我不過沒差

想是快樂太重了我又沒有擔當才會變成這樣
這麼一想卻又突然感到快樂
然後又不了

不想庸俗的一直套用「你好不好」這種爛梗
但想問的其實也真的不過就這個
所以只好換成「你昨天好不好」
「那今天呢」
「明天一定會很好的」
我知道這些聽起來超級沒有說服力不過都是真的
而我也知道你其實超級不想回答我但你還是都回答了
（你果然還是很好啊）

最後再跟你說一件事我就要去睡了

縮在座位上地板上或其他你看不到也不想看到的地方
到時候東北季風會呼呼地說溫柔的謊
呼呼地走
爾後我也會呼呼地回應
回應除了冷以外的所有語言
而冷的時候你則不會發現我其實一直在裝睡
你會快樂
你會聽見愛
聽見冬日有暖陽也有雪
聽見東北季風說溫柔的謊
他會告訴你關於我的事
當我已經沉沉地睡了

現代詩．佳作

盥洗

高一良班　楊子萱

睡意朦朧
上一個多彩的黎明
還暫留在視網膜
與夢境的碎片之間
鏽蝕的黑夜可能還記得一些
可一旦醒了
就說服海馬迴停止工作

梳齒咬入頭皮

連同潛意識也啃下一塊
斷裂密密麻麻的思緒
低聲編織起夜晚的殘渣
黑線糾纏不清

曾存於青春年華之間
張口閉口五顏六色的字眼
如今四散在何方？
是被號稱高效的含氟物質沖刷
抑或在牙齦齒縫
遺忘的角落等待死亡？

白色泡沫滲入毛刷
一如清晨微光滲入濕冷的霧

泡泡們自大好青春飄來
潰散成水花
從排水孔流逝
毛巾吸飽了模糊的囈語
在陰暗角落滴著水珠

赤腳踏出磁磚地板
現在大腦清醒著
所以我
不做夢

現代詩．佳作

魚說

高三愛班　蔡雯緹

泉涸，魚相與處於陸。相呴以溼，相濡以沫，不如相忘於江湖。

——〈莊子．大宗師〉

你說你是一條魚
偶然游入夢境的交界
像白駒穿過幾無可見的隙
還發現了一座天地

你說你鰭翅所拂

是深深淺淺的秋水
有時候冰冷
有時候溫柔　有時候
溢流過你的心腹
刻下深沉的紋理
只有你知道它的模樣

你說你遇到了其他的魚
在晴好的日子
一起穿梭在
太陽透過水面的光影之間　等雲煙成雨
在陰翳的日子　沉潛在
水草婆娑繾綣的湖底
盼下一次的天明

有一天所有的水
不約而同流去了別處
放任你們在乾涸的泥中
以慘白的泡沫苟延
以為末日將臨
後來你說
我們各自離去
各自鑽過夢境的隙
去尋下一座天地
下一場綺夢

你說天地湖海還很廣闊
別記掛著你的故事

你對我說
我們相忘於江湖

現代詩・佳作

六度空間教室

高三勤班　雷婷琛

用活字版把課程內容排好
先印在黑板上
再拓在筆記本裡
順便轉錄進大腦灰質的神經纖維
古老的方法好用

用獨角獸尾巴的毛做成筆
可以書寫心情
也可以在窗外的榕樹上添一顆蘋果

大口咬下
微甜微香
絕對無農藥殘留

想起魔法書中的手勢
手掌朝上
無名指彎曲
白雲聚集成溜滑梯
軌道曲折如雲霄飛車
速度像高鐵
滑一個下午也不著地

天黑了
仰頭看天空

都市的天空沒有星星
只有灰塵

灰塵們互相交流
說著彼此的老家
最高貴血統來自彗星家族
是髒雪球留下的足跡
其餘則是汽車廢氣
和 Made in 火力發電廠的 PM2.5

伊娃盧迪拉納加
是通往六度空間教室的咒語

現代詩・佳作

蕁麻疹

高三真班　石倩蓉

「每日塗抹三次」
臨走前你耳提面命
帶著一身凹凸的猩紅斑點
我走了
留下了你
又或者
只留下了我自己

就算是獵戶座的

箭
也射不到地平線另外一端的旭日
距離加劇了搔癢
我與寂寞反覆排練對手戲
一邊擦著藥膏
細數
肌膚上愈發膨脹的紅色小丘

時間踏著慢板
無心地把我們踩成了平行線
我抓破了疹子
眼淚消毒了傷口
卻止不住
和呼吸同頻率的

陣痛

或許是很久以後了
他來了
「每日服用三次」
他細心呵護
可是
終究留下了
深深淺淺的疤
以及
不具週期性也不具正當性的
癢

現代詩・佳作

我們仍然脆弱

高二仁班　金以真

是的　我們仍然脆弱
放棄長大的十七歲
（學生時代無憂無慮　他們說）
在課桌前一萬次靜悄悄的轟然垮下
（都不算什麼　他們說）
世界熟練的第一萬零一次漏接我
（長大並不會越來越好　他們說）
過來人的口氣傲然如
把每況愈下的世界丟給我們

並不是他們的錯

是的　我們仍然脆弱
保持緘默的十七歲
不能理解
怎麼烏托邦墜毀進現實世界
被污名化成理想主義的遠古巨獸
（這將會吞噬吞噬吞噬一切　他們說）
噓　請不要反駁
即使你知道真正的掠食者另有其人
世界是「大成人主義」的擁護者
我們的必修課堂只是
在學會表達前先學會沉默

是的　我們仍然脆弱
青黃不接的十七歲
如毫無招架之力的　被固定在課桌椅上的植株
用酸澀的爭議性把自己填充
半熟的果　用生長激素把意識隨意催熟
仍然無力撕碎一千萬種約定俗成

是的　我們仍然脆弱
混沌易碎的十七歲
特殊技能是身懷一千種長歪和夭折的可能性
異類如群體動物的幼崽渴望遺世獨立
等待成為一個不及格的大人
（59分　四肢健全　不夠麻木）

是的　十七歲的我們仍然脆弱
仍然在陰影裡徘徊
不確定自己是否願意向光而行

輯三　小詩

總評 小詩不小

徐秋玲 老師

又逢兩年一度的《綠園文粹》，小詩組以十行為限，共有一百八十八件投稿，由徐秋玲、曾百薇、柳品如三位老師擔任評審。每位老師綜覽所有詩作後，各挑十五首進入第二階段討論，依編號對比交集，先選出〈CI〉、〈新生〉、〈煙花不耐症〉、〈嚙〉、〈茶包〉、〈都市地下鐵〉，再推薦各人心中的數篇遺珠。新詩的歧義與奇想果然需要激盪，經過提點說明後，又加入〈皀〉、〈鹽〉、〈檢討〉、〈樂觀〉、〈自閉〉、〈穿堂風〉、〈傘下〉和〈多面體〉等作品，從文字的詩質、解讀的層次到整體的表現，雖然各有鍾情的敗部冠軍，最後仍在欲罷不能的對話中達成共識，產生前三名與佳作五名。

此次稿件素質較以往為佳，或取材自校園生活，以課業、社團、友情為主題；或留意社會議題，華航罷工、環境變遷、AI手機等現象，一一化入詩句；更多的是個人心情三溫暖，恐懼、傷逝有之，控訴、孤獨有之，喜樂、祝福亦有之。相較於之前的素材，少了些來自考試的不滿，對世界的厭倦與失望依舊，對自然萬物與外在人事的關注則變多了，寫作的視角能外延擴展，走出肚臍眼的凝視，這是可喜的現象。唯文字書寫仍易流於散文與口語化，欠缺新詩所需的密度與凝鍊；內容多為單一直敘，未能營造不同層次的遞進或翻轉，以致想像空間不足，這是同學們可以再求進步之處。

小詩最大的特色在焦點明確固定，篇幅短小精悍。它必須在短時間抓住讀者眼光，留下新鮮而深刻的印象，使之閱後反覆思索，回味無窮。三位評審老師在評選標準上，或著重文字的凝鍊、詩意的翻轉，或強調詩的多重與表現性，關注整體是否和諧，以及結語的驚心效果與能否呈現詩質。小詩受限於行數，必須去蕪存菁，是以剪裁之必要，節制之必要，若無法刪減成小詩，那就代表取材必須改用其他形式。理想的小詩，應擁有自給自足的完整境界，其中情景交融，意象應合，可以反映出多層的意義與象徵，讓人觀後猶存餘韻，此次前三名的詩作，皆能以精準的詞語表達多重意涵，結構完整，耐人尋味。

五篇列入佳作的小詩，融隱喻與典故於巧思之中，相當精彩。像〈茶包〉談茶葉與水的邂逅，猶如愛戀的過與不及，類比巧妙，唯結語稍嫌直接，令人惋惜；回應〈桃花源記〉的〈自閉〉，則是從村人觀點看武陵人的多事，亦可聯想至自閉者的甘願自得，外人何須驚擾？〈檢討〉以鳥、蛾、鳳凰三個段落為喻，加以辨證，當世上沒有純粹的是與非，如何檢討？而讓三位評審都替作者揪心的〈樂觀〉，是一首痛並且快樂著的情詩，即使對方視若無睹，也要努力讓自己成為無所不在的空氣；〈鹽〉的文字很美，詩意多重，可惜人稱的指涉不明，未能聚焦題目。這些作品都極具潛力，瑕不掩瑜，期待作者們能精益求精，從文字表現到結構設計，更求精準與呼應。

因為名額有限，有些被迫割愛的作品亦值得一觀。影射華航罷工事件的〈CI〉，取材極有意義，但「我們」、「他們」和「你」的指稱不清，以致影響閱讀的流暢性；描述焦慮的〈嚙〉，把咬到指甲流血的過程，以特寫鏡頭放大，讓人看得怵目驚心，可惜欠缺翻轉或多重詩意；〈穿堂風〉和佳作〈樂觀〉皆是四行小詩，也都有令人玩味的隱喻，若首句稍加構思，避免直接破題，或能有更好的名次；將煙火與空污結合的〈煙火不耐症〉，充滿警世的嘲諷，立意甚佳，唯文句較為口語，結束太直接；今年的圖像詩較歷年少，〈傘下〉以雨傘的形狀寫等待，具有可愛的少女情懷，但同樣有詩質不足的散文化缺點；每行句子偏長的〈多面體〉，其實情思細膩，頗有可觀，若能在文字上加以剪裁，則更具小詩的質地。

總結今年小詩決審心得，若以建築為例，寫小詩不宜平房一間，意盡則止，最好有地下室可供深入，或有樓中樓可供推求攀索，以存餘味。而靈感固然重要，仍需以凝鍊的文字與精巧的意象支撐，兼顧詩想與詩藝。如此，則小詩不小，可大可深可遠。

小詩・第一名

新生

高一書班　王儷蓉

拾起一把陽光
放進觀景窗
讓光圈成為瞳孔
在貓的眼裡縮得細長
指尖撫觸著轉輪喀喀輕響
旋轉起花舞的清香
在準焦的剎那
凝結了星芒
冬末的機械聲響
綴以靈魂　點亮

曾百薇老師評語

什麼是「尺寸千里」、「以簡馭繁」、「自然天成」？「新生」這首作品，不啻為小詩此一輕薄短小，專為呈現剎那感懷，所量身打造的詩歌體裁，做了最好的示範。

如此玲瓏的十行，卻巧妙經營且融合了「時空、溫度、氣味、聲響、光芒」種種精準的意象，表達在冬末春初的燦然陽光下，自己偶然拿起相機，真切紀錄吉光片羽的生活經驗，而題目「新生」，既點出此為大地復甦的時刻，更是影像創作所產出的當下。

這是三位評審毫無異議的第一名。年僅十六歲的詩心與詩筆，無疑是天生的詩人。

小詩・第二名

都市地下鐵

高一良班　崔立妤

你的頸椎骨比頭還高
黔色的絲綢披覆到那一片薄薄的玻璃
詭異的姿態被雕刻
淺藍的懸空椅子上
擠滿一個模子裡鑄出來的軀殼
是顏色各異的鬼
眼睛眨也不眨　瞳孔放大
飛速行駛　沒有靈魂
坐在隔壁的戀人不說話　手上的玻璃片代替他們
傳遞只有二十度的愛情

徐秋玲老師評語

彷彿《聊齋》畫面，氣氛詭異。人人低頭，但觀頸脖不見臉，髮絲披覆玻璃，雙眼緊鎖，瞳孔放大，這不是穿梭陰陽界，而是都市地下鐵。作者以黑色幽默寫手機上癮者，猶如失去靈魂的喪屍。行至結語，鏡頭從顏色各異的鬼群，轉而聚焦一對情侶，以手機打字代替言語，嘲諷失溫的愛情，也反映大眾捷運上的人際疏離。切片雖小，針砭甚深，文字精煉，從外在現象到內在情感，詩意層層遞進，意象經營佳，成功塑造令人不寒而慄的氛圍，睹之驚心。

小詩・第三名

皂

高三良班　潘昱瑄

注定要化作泡沫的存在
卻
不承載幻影

所到之處
水。乳
交融

芬芳
是曾經存在的證明

柳品如老師評語

「存在」是人類界定「個人意義」的一大命題，於是如何證明「存在」，感受「存在」，便成為人類不斷想探究、分辨的事。

我認為〈皂〉便有這層玩味，藉由生活常見事物，精準掌握肥皂特點，道出一塊「肥皂」曾經「存在」的實情，詩中三小節，呈現肥皂的三種型態：泡沫（液態）、肥皂本體（固態）及香味（可視作氣態），透過三種型態的變化，似乎也道出生命的歷程。肥皂的「日漸消耗」便是「生活諸多消磨」的寫照，而隨著生命歷程來到了終點，肥皂所留下的「芬芳」，不也是種「歷史留名」的轉化？

小詩．佳作

檢討

高三真班　何明融

說服鳥兒應該待在
安全的鳥籠
嫌棄紗布無法維持純潔的白

誰說當初飛蛾沒有
聽從勸告
才在撲火的時候
被偷走心臟

世上也有
浴火的鳳凰

小詩・佳作

鹽

高三樂班　朱可安

飲盡整片海洋的浪潮
任他們在黑暗中輕輕拍打著　淺粉色的肉
直到在我體內溫柔翻攪的
全是你的　聲音

陽光能夠觸摸到的
讓結晶逐一覆蓋
直到最後一點柔軟的地方也沉睡
而渾沌中閃爍的　全是你的
眼睛

小詩・佳作

樂觀

高二讓班　潘芷欣

我知道
你把我當空氣
因為我是你不可或缺的存在
你的每一口呼吸，我都在

小詩．佳作

茶包

高二溫班　林芸竹

在被憂傷渲染的海裡泅泳
骨髓讓苦味侵蝕噬咬
是和熱水的邂逅還是信守

說好要迸發出清香和溫柔
充斥全身後止於發臭
啊　就說是過猶不及的關係

迫不及待要給對方白晝
卻不小心變成盡頭

小詩・佳作

自閉

想躲避亂世的紛擾
就在一方小小的桃花源裡
遺世獨立

是哪個多事的武陵人
偶然闖進
卻要我熱烈歡迎

高二溫班　蘇芩

輯四　現代散文

總評

好字好散

蔡永強　老師

現代白話散文，自五四運動以來，是小說、戲劇、現代詩當中，最早名家輩出的文類。許地山以哲思取勝，徐志摩詩化情濃，林語堂幽默可親，朱自清淡筆情真，周樹人議論有力，潘希珍憶舊多感，梁遇春景中見情，張拓蕪素人寫史，八大類散文樹當代之風華。

以文字功力言之，此次一百八十九篇的作品都有相當的水準，無論是修辭、文法還是謀篇，都可見出學生的用心。就取材而言，八大類的散文都有學生書寫，比較讓人意外的是家史類的文章佔最多篇幅，可見得學生已能跳出舊有青春情愛的框架，開始走入較細膩的個人家族經驗回溯。

然而就各文類來看，十五歲到十八歲的學生，畢竟還是有某些青澀的技巧待處理。首先以哲思散文而言，學生比較難透過一個故事來帶出生命哲理，如果全篇太多理論性的呼告，說理貧乏就會成為一個致命傷。詩化散文是女校學生常見的寫作筆法，但主題的明確性還是應該高於文采的潤飾，此派傳人目前文壇上最著的是楊牧先生，高中國文課本也選了〈十一月的白芒花〉，同學可以此文為學習對象，不論文字技巧有多高深，母愛的主題還是非常突顯。幽默之作難度很高，開他人玩笑易，賣自己風景難，所以這派散文自梁實秋、吳魯芹以來，可謂人才難求，此次有一位同學談《綠園文粹》不應該以國寫為徵文項目，雖說讓人驚艷，但畢竟偏於攻訐而罕於幽默。

朱自清淡筆濃情是最難書寫的散文類別，目前文壇上以陳列的文字堪可差肩，他們都極擅在尋常文字中，自然帶出一分生命的優雅厚度，可能是女校之故，這次徵文在這最難寫的文類中，有好幾篇脫穎而出，深獲青眼，小小年紀便能在日常生活中透見百態人生，可貴。議論性質文章要聳動讀者易，要說服群眾難，此次徵文議論之作可謂全軍覆沒，沒有論據只有論點的厥詞，並不能說服喜好文字的讀者。寫故人也是高中生常見的題材，一位髫齡的朋友，一段愛情的剪影，都很容易成為文學獎的回憶之作，但是在說故事的技巧方面，畢竟作者不等同於讀者，所以參賽者不能預設閱讀群眾參與過你的「曾經」，否則文章很容易流於個人的喃喃囈語。

唐人詩作以王維「詩中有畫，畫中有詩」最為有名，白話散文大家梁遇春也擅用這種技巧，此次投稿寫景作品雖然不多，但水準相當齊一，可見得古文素養對當代學生寫作的影響，宋人八大家在寫景中，抒情、議論兼有之，這樣的寫作手法會讓文章的整體層次提升到極高的境界，幾篇進入決審討論會議的佳構，的確能在描寫山水田園、都會叢林的時候，切入對冉冉物華的感受，那份屬於青春少女的生命情調，的確是畫中有詩。家族史書寫幾乎佔了投稿篇數的四分之一，但是好作品卻極少，若將生命比喻為一條長河，幾乎所有的作品只是剪下了一段殘景，沒有源頭也沒有出口，建議學生要習作此類作品，應先閱讀王安憶、嚴歌苓、王鼎鈞、張輝誠等名家之作，學習如何利用幾個事件就能點睛整個「家風」。

如果硬要找出學生結構上的缺失，最可改進的就是過渡段落的使用。歸有光用「多可喜，亦多可悲」綰合前後項脊軒的變化，范仲淹以「覽物之情，得無異乎？」開展晴喜雨悲，都是非常好的示範。文章是要用來讀的，過渡段巧妙地應用，才不會讓讀者呼吸窘迫，進而閱悅散文的適意與美好。

散文看似容易，但形散神卻不能渙漫，一篇文章最好只說一個故事，一個讓你自己心醉也讓讀者陶醉的，故事。

現代散文．第一名

玲瓏紙身

高二義班　龔郁雯

信不信由你，我是紙做的。

能打造出如此玲瓏刁鑽的身軀，也只有天工。紙糊的、薄而透的外表下，微妙地映射出心影飄搖；植物纖維與纖維之間使勁相聚、併攏、扭曲，層層疊疊層層疊疊，竟成功偽裝成人類的表被組織；輸入精密的運算方程後，如女巫施咒般，紙做的軀殼也靈動像個人。雖僅稱得上是樸實素雅，然在塵世打滾十七年卻也未被揭穿——至少懷疑者未再加以分辨，我應是上帝最詭譎欺世的發明了。

我怕水。那是自然。上游泳課前總在水池旁觀望再三，水分子肆無忌憚地擴張於紙張縫隙間，霎時將我撐解，如此魘夢一次次在腦海中上演，於是我用罄生命中所有專注力，小心檢視池水裡每次移動，就像在夜市撈金魚那樣，屏氣凝神地盯著似破非破的紙薄膜，一寸寸挪移，有時卻又想大力一揮、放手一搏，以期有所突破，內心小劇場壓得我快要窒息。別人輕鬆學會的蹲姿入水，我從來沒有成功過，總是深信自己將要跳入閻王設下的油鍋，猙獰的鬼魅個個伸手往我緊繃的小腿勾，亟欲把我帶往闃寂黑暗的煉獄深處，他人漾起的雪花似的青春泡沫，我恐怕無福消受。

因此，紙緣稜角可說是脆弱的我最好的武裝，薄而利如刃，劃過指尖綻出一道刺痛血痕，光是想像就讓人全身麻軟，然而紙嬌柔坦白，何曾想過傷人？只是願望一個空曠安全的小世界，可以棲宿，他人也明白這是羞澀的我追求保護和自由的呼聲，紛紛與我建立起最友善的距離，我喜歡這樣和煦的自由空氣膨脹的感覺，鬆鬆軟軟，著實幸福，卻也不知不覺習慣除了至親，沒有其他交心好友的日子——這或許也是一種悲哀吧。

母親說我比平常人更多愁善感，一天之內心可以裂成兩瓣、三瓣、四瓣，腸可以斷成千萬截。心思細膩的我，從不忘卻曾經的傷痛和委屈，身上那些撕破、戳破、割破的痕跡，至今仍如數存在，甚至連淋過多少苦澀的悶雨，都能從或新或舊、或濃或淡的水霉味兒中窺知一二，以及大大小小的雨點斑。然而最刺眼的是一道摺痕，我在五歲那年打折了左手。事情的原委已模糊朽化無法細細解剖相驗，只記得我手捧琉璃似的珠飾鈕扣，滑著短小如鹿的雙腿，飛跑過臥室四人床的轉角，忽然失了重心，珠子霹霹啪啪地落下，像是引爆了無數地雷，而那深深的一摺，無論用書本重壓，抑或加上身體的重量，都再也撫不平了，此後的日子就是我無法忘懷的地獄，當酸楚同時在手臂與內心深處蔓延，它賺了我多少升的眼淚、剝奪了我多少自由，又有誰能真心與我分擔呢？至今手打直尚可向外彎曲五度角的瑕疵，可說是比清晨六點的鬧鈴更邪惡的提醒了。

每當閒來無事時，大大小小的閒愁旋即浮現，麻痺我的下視丘，悲傷的情緒無法遏抑。傷心的時候，我是孤冷的紙窗，瑟縮在中式直方格邊抹裡，渴望天地與我同悲，偏偏外頭新店溪正是落霞與孤鶩齊飛，秋水共長天一色，抑或春江花朝秋月夜那般良辰，我獨自啜飲令鼻頭抽動的自憐，有時甚至過了三更都還未接上斷掉的理智線，在淚水蒸騰、脹紅的雙眼裡，道別因光害減少而探出頭的第一顆星星。

溼黏黏了一個晚上。

就是這些時候，我像被打回紙漿，重新蕩料入簾、壓去水分，等待明朝暖陽烘焙出一紙乾爽、曬出一身金黃來，成為再生紙。數年後我才知道，「再生」即是「重生」，讓我看到不同面向的自己，除了一堆瘡疤，還有色鉛筆、彩色筆、水彩、油彩、壓克力建構的絢爛回憶，而更值得時時翻出來玩味，我不再抱怨自己的遭遇與樣貌，質樸的最好，雖然缺點一堆，卻有最天真的幻想、最具挑戰性的願望，和最值得努力的人生。我想，身為玲瓏紙身，我是幸福的。

十七年鹹淚裡獨自療傷的歲月過去，我學會微笑，學會對他人微笑。我成了名正言順的「重生」專家，教導他人如何看向生命綺麗鮮亮的地方，從今以後，我再也不想看到怨天尤人，再也不想看到充滿胡思亂想的眼淚了。

於是爛漫的我，活像一紙情書，傾訴對這塵世的愛戀，心影隔著薄而透的紙搖蕩出神異性的光輝，是我極欲把溫暖散播給人們的熱情，原木香氣的碳粉離了紙，天地闊遠隨風揚，把句句情話送給躲在被窩垂著熱淚的人們，激發他們重生的意志。

我沒有因此從他們身上得到什麼，卻也什麼都有了。

林麗雯老師評語

雖看似八面玲瓏，卻原是十分落寞。精巧的紙身之上，到底壓摺了多少青春的心事？夾藏了多少不可承受的輕？

這是一篇成長的自剖文。彷彿鬆解一座摺工細微的紙雕作品般，十七歲少女小心翼翼地將一紙薄薄的自己慢慢攤平開來：紙身之上，那道命運之神失手的深深一折，是外露的瑕疵；拗摺深處殘留下來的霉與斑，是內在的面目。

作者自比為紙身，素樸坦白卻與世有隔，嬌柔純淨卻易裂易碎。有時是瑟縮在一格窗櫺裡的窗紙，孤冷多愁；有時是一紙刀，脆弱而有稜角。紙怕水，偏偏她卻多淚，常常把自身打回原型，成為軟爛黏稠、沒型沒款的漿。多少人的青春像這樣？善愁易折。但毋需害怕，因為容許再生。再生的紙身雖少了木味，也非原型，卻擁有無限的可能。

本文譬喻工巧，處處有亮點。書寫青春心事，怨而不怒，哀而不傷，有自己的通透處——莫把身心鬧，玲瓏便是本來真。

重南・重難

高三信班　呂子昀

老臺北城的故事隱沒在雜沓的人群裡。像是遺忘了，又像是某個心照不宣的秘密壓在胸口。

何嘗不想說出口呢？那些早已過時的記憶。然而說了，只怕醉裡挑燈看劍的風流，反倒成了多話失態的醉漢。拎著酒瓶，拿著香菸，沒有精確的詞彙。幾聲唉唉嘆息，搖晃身影時而呢喃時而激昂地掉出淩亂的語句，散了一地。唯有手中的黃長壽，白煙始終向上，隱約卻也真實。像極了白髮的空悲切。這只可算為眾人茶餘飯後的消遣。平庸而鄙俗。

我這個人比較老派，攤開歷史課本，粗黑標記的「臺北建城」四個大字刻在沾染了咖啡漬的紙面，像魏碑。一個夕陽飽和的傍晚，我帶著朝聖的心情走進了臺北城。

入城，我晃蕩。只見人潮絡繹、車水馬龍、大樓壁立、霓虹閃爍。我不禁懷疑那個像魏碑一樣的臺北城是否只是個傳說。夕陽染不上古牆，只能下沉，黯淡，隱沒。而這樣一座依照華夏風水而建的傳統中國式城池，竟也在時間和空間的夾層裡消失了。偶爾幾處寫著「某某舊址」的紀念碑隨意立在路旁，佔了點位子，礙了點路。這是熟悉的臺北，陌生的城。

重慶南路大抵也有著相同的屬性，一種既新且舊的曖昧。

重慶南路是臺北的書街。早在日治時期，新高堂落成，仿巴洛克式建築，三層樓書店成了地標。本町通。這是當時的人們對它的稱呼，指涉著一種繁榮，一種隆重與華美。於是書街的生命開始了。

中日戰爭，日治落幕，國民政府遷臺，戒嚴。歷史層層堆疊，書街卻置之度外。它恍若異度。它更為興盛。一條路上書店不下百間，錯落異彩的招牌林立，文集小說雜誌教科書無奇不有，絲毫不愧對「書街」的名號。

說起書街，書報攤便是街頭風情了。退伍老兵擺起攤子，儘管「人在船上，船在水上，水在無盡上無盡在，無盡在我剎那生滅的悲喜上」，一回頭，才發現自己仍在街上，賣著頑固的癖，賣著中央日報，一份五塊。進不了書店的黨外雜誌在廊間流浪，回不去故鄉的愁思牽掛在內心流淌，只有夢，沒有蝴蝶。書報攤之於書店，有著相互依存的關係；而老兵們之於書報攤，或許也有著寄託的情懷吧！

然而人去樓空，夢醒了，徒有人車自流。

這條街走過了政治更迭，卻敵不過世代變遷。

如今重慶南路只剩下十來間書店。商旅一條街。這是它的新名。街頭繁忙，人潮不絕。它像一條新規劃的都市道路，新穎，便利，在緊鄰臺北車站之地肩負住宿需求的重責。這未嘗不好。只是那再也不會是燈火通明的榮景了。所剩的，僅是風中燭火。將殘。

日前重慶南路的金石堂宣布歇業。白色外牆，黃色招牌，十字路口的三層樓書店早已是共有的記憶。那幾日，店內店外人滿為患，報章雜誌議論四起，批評書街文化的消逝，政府官員難辭其咎。在殘存之際，這一切都顯得極為諷刺。人們只有在失去之時才懂得關注珍惜批判自省。

批評也好，緬懷也罷，一切不過是徒勞無功。唯有書店店員，在店外直立兩行，整齊而不偏不倚的九十度鞠躬，向愛書惜書的讀者致謝，向盛景不再的榮華致敬。這或許是人們唯一能做的，最後的表態與挽留。

若說上個世代是書街的時代，我或許是它的擺渡。我曾輕輕地參與過枝微末節的片段，略瞥一眼它的晚年。從豐腴擺渡至枯瘦，從憧憬擺渡至回憶，我逐漸習慣了它的「現代感」。不買報，眼不見攤販。關注於新開張的店舖，賣著特色飲品，賣著創意料理，特價八折。這是我所經歷的重慶南。

理性上雖有千真萬確的意識，新與舊的交雜仍時常使我混淆。正如那座失落的臺北城。

我明白這樣的混淆，這樣的失落或許沉重了些。它不合時宜。但自從那個夕照向晚，它已住進了影子，緊跟在身後，像夢魘，無法擺脫卻也難以訴說。偶爾撞見往昔的蹤跡，那股落寞總翻天覆地捲起了心緒，不可收拾。暗夜的路燈亮起，影子輪廓清晰，映著光是如此沉黑而鮮明。

重慶南路。不算寬的馬路盡是車輛，行人來往，足現繁華。

那日經過，在商業氣息之中，我望見那個十字路口。三層樓，白色外牆。房子空了，招牌拆了，只剩下落地窗上的廣告格外醒目：「租屋請洽……。」

蔡永強老師評語

回憶散文，通常必須有相當的歲月歷練，琦君如是，林海音亦如是。所以當在一個青春靈魂中窺見長長的老影子，是一件相當讓人驚喜的事。

每一個國家都有一個代表的城市，每一個城市都有一個歷史的角落，每一個歷史的角落都有它專屬的風華。想到重慶南路，書必定是撞進心扉的那個星子。〈重南 ‧ 重難〉這篇散文，以每日必經的上學路途為書寫主題，選材就是經典，加以重慶南路本來就是文學愛好者的鄉愁，因此對於閱讀群眾，這是一個非常容易引起共鳴的素材。

在文字風格上，全篇文字清新雅麗，讀來正如走在一條書肆羅雀的烏衣巷口，然後慢慢化為秦淮金粉的佳麗地，孔方氣味取代了書墨濃雲，於是重南就再也沒有倒淌回最初的一天，只能輕喟「重難」矣。

現代散文・第三名

海之夢

高二義班　李樺

寒假，我搭上飛機，從黏重的故土飛離，降落在輕盈的異鄉。彼時，拖了將近半年的社團刊物，遲遲看不見終點，沒完成的稿件依舊如山，但在這場長跑裡誰都已筋疲累盡，多一字譴責，多一個人垮下。而學測開始倒數一年，高一全被我空耗掉，高二顯然更不用提，很多時候，只能戴著耳機呆坐書桌前，看檯燈慘白，憂鬱焦躁深不見底，一直墜落。一直陷下去，一整個夜晚。

出國之際，潦草地整理了交接資料，扔給某個人，就這麼任性地飛出去了。三個小時之後，我抵達曼谷，再五個小時，我坐在飯店的接駁車上，望著窗外紛雜五彩的雜貨店和住家，詫異：原來喀比是個鄉下。沿路景色越發原始，山羊在路邊啃著草，公雞翹著尾羽在庭院巡視，背景是橡膠和油棕林——原來我是真的揮別了冬季，來到陽光辛辣的熱帶了，如夢似幻的真實。

然而最磅礴的夢，是海。

飯店有海。傍晚搭車去奧南，有海。白天行船去島上玩，更是海。連睡著海也在耳邊輕唱，整個旅行記憶被海環繞。我曾在沖繩見過琉璃海波，在關島浮潛被魚群擁抱，在洛杉磯的海灘挖過寄居蟹，唯獨這一次，我終能真確地談論海。數天以來，我試過千百種形容詞，最後發現海就是海，如同盛夏，如同青春，海即是譬喻本身。它不僅僅是液態的寶石，它是更多無可言喻之物。

頭兩天，我在飯店的私人海灘撿拾貝殼，以為這就是海的全部。我踏著淺浪，晴空既輕且高，像團煙霧繚繞，日光沒有一絲迷茫地曬下來，打得海面碎光浮動，如此超現實。我從白沙裡掏挖貝殼，既不要缺角的，花色斑雜的也不要，只要光潔圓潤的。淺藍色的海水扒抓而來，刮滾起白貝和珊瑚骨，再挾帶沙粒席捲而去，反覆沖刷，浪濤聲轟隆。彎腰俯首，是否撿拾或淘汰亦是種修行，我挑擇出所愛，捐棄所不需，然後在澄水中洗淨，藏入掌心以待烈陽烘乾。洗淨尤其富有禪意，貝殼內側總堆積泥沙，有時沖去後，猶見黃綠汙垢，那是軟體生物留下的分泌物，代表生命掙扎的痕跡，洗不去。於是必須丟，但，我在世間所學到最刻骨的事，是應使離別的憂傷最小化。所以我將失寵的貝殼打水漂扔入海裡，為它彈起的次數歡呼。

遙遙遠遠地憶起盆地裡的生活，那張被透明眼淚浸泡過的書桌，塞在洗衣籃底部的制服，持續一週的陰雨，厚重的被褥。瞇眼思索，已恍如異地，色澤幻美。記憶中的陰鬱，和眼前的藍波粼粼，形成太大的反差，不知哪裡是夢境。

若說飯店海灘是細琢的玉墜，則環擁洪島的海，就是大刀大斧的太魯閣。第三天在洪島的附近海域划獨木舟，那島是巨大的裸岩，白中帶銹橘、鐵灰的紋理似淋上的糖漿，緩慢崎嶇地流下。距水面幾寸之處，被白沫與暗流長年抓磨，刻蝕出無數圓孔，細看來，還有些是藤壺偽裝。島上綠樹從岩縫長起，在獨木舟上仰頭，峭壁邊懸崖旁，皆是千年的沉寂。而海，是膠質的，像半成型的果凍，任蒼藍翻湧，未曾有一絲破裂的浪白。偶爾風起，或者快艇長尾船駛過，大浪連綿，牽連獨木舟隨之搖盪，便有一種痛快從腹部往上冒泡，在唇邊啵一聲，變成大大的笑臉，是雲霄飛車的快感——很容易就忘記了，大海在底下，隨時要將你的性命一口吞掉。

我第一次離海這樣近，以往即便在海邊戲水，也僅限於腰部深度，我總想起那些海難的驚悚故事。眺望遠方地平線，海接天接海，水氣在交壤處抹上一把，使得島群的輪廓曖昧氤氳，煙色群青。我想哥倫布等海上冒險家，啟航之際約莫是這樣的景色：身後是陸地，身前是海，無邊無際無涯之海，除了海別無一物，十哩是海，千哩是海，海妖般致命絕美的廣大水域，是希望是絕望，是繁盛富裕的生，是沉淪無名的死。向下是沉默的浪瀾，向上是天雲輕颺，如煙似霧。永恆。亙古。我從未見過如此廣域的純物。

我發現凡超脫尺度之物，皆是碩大的孤獨，譬如星空，譬如原野，譬如遠山，譬如寒漠。在都市我看了太多善變易逝的，一切太過人工，人世本塵埃遍布，可笑的是我們在塵埃裡建構秩序，又從秩序裡生出塵埃。然而在永恆面前我徹底失語，海裡沒有生活，沒有截稿日，沒有講義試卷，沒有大學，沒有時間，沒有失望，沒有遙遠的夢想，沒有恨透了的自己，沒有無力的現實……它一無所有。我只是一滴水珠，從雲上來，自海裡去，既無過往亦無未來。星星很遠，月亮很圓，亮亮晃晃的水波輕搖，我會流浪到遠方。

我心底湧出了一片海。

背負著海，旅程最後兩天來到了曼谷。曼谷沒有海，曼谷有空汙，灰綠的空氣聞起來像濃湯。也沒有橡膠樹林了，到處都是摩登大樓，比臺北更臺北。但我發現自己很平靜，望著滿街的商店，一點購買慾望也無——畢竟，我已偷走了一片海。

回到臺北，回到冬天，回到濕黏的日常裡去，熱帶的形影煙消雲散，若非肩膀上的曬痕，那簡直像場夢。我繼續低頭，被瑣事淹沒，除夕夜跟親戚圍爐，然後拜年，然後瘋狂趕工寒假作業，開學日日逼近，新學期即將開始。

白日忙碌，但夜晚，我經常夢見奧南的海。夢裡，海是乳質的，碎鑽流滿沙灣，細緻而美，似瓷器的釉光，溫順婉約。夕陽是煙暮色的，燒得波光金黃帶橘，白點斑斑，風鈴一樣地輕晃。

我坐在沙灘上，靜靜遙望海面，一艘長尾船拉著白浪尾巴，噗噗地駛過了。

謝智芬老師評語

作者以工筆刻劃海。

如細琢的玉墜，也如大刀大斧。海邊拾貝，原該輕鬆浪漫，卻成了一種修行，因為撿拾或淘汰的選擇太艱難；划獨木舟，若是大浪連綿，刺激雖然帶來痛快，心頭亦不免生出一絲對海浪無情吞噬生命的恐懼。作者與海的每一次接觸，都不止於感官的觸動；對海的每一個凝視，都投射了人間的現實：希望、絕望、繁盛富裕的生、沉淪無名的死……而永恆、亙古又一無所有，沒有時間，沒有生活的大海終成了作者心靈的救贖。

文章初始堆疊高中生活諸事紛雜的壓力，雖有斧鑿之跡，然而摹寫生動且能安排亮點，如「我心底湧出了一片海」一語，成功表現了作者如何藉海洋多變的形貌與特質，馳騁想像、翻騰思緒，紓解苦悶，而文末以長尾船拉著白浪尾巴噗噗駛過的畫面作結，情意無盡，皆能為本文增色。

本文看似遊記，卻不只是遊記。因為作者「終能真確地談論海」。

現代散文・佳作

鏈

高三仁班　汪浩雲

那是一條年代不可考的鐵鏈，有幾處，外公用曬衣架的鐵桿繞成的圓，扣在鏈環的區間，能調節掛在牆上鐵釘時留給狗兒活動的半徑。那條鍊子一直是在的，我外公家歷朝歷代的小狗崽大概都曾被它牽制過一年半載。

說是哪個鄰居家的小孩子惡作劇，那條溫馴的老母狗被發現時，橫著身子躺在外公的藍色老舊貨櫃車下的陰影，就和平時一樣地，車子壓在一間矮房廢墟後方的草叢裏，狗兒依偎著沾滿泥土雜草，磨損嚴重的後輪，只是這次身子看上去不自然地僵直，那畫面就像一位不擅長描繪動物的風景畫師，硬是要畫隻狗上去當主角一樣生硬。老狗嘴裡溢出的白沫就像驗屍報告上標示的死因，就是不識字的農人亦能讀出那寫的肯定和農藥脫不了關係。外公餵養那條狗六、七年，抓來養時就已經老大不小，但是牠聽話，從不走遠，那條鏈子便從來用不著。外公餵牠的都只是家裏的剩菜剩飯，沒有專屬水盆，「垃圾吃，垃圾大」沒有理由花心思在一條狗身上，因為忠心，牠不會跑走，因為他就是牠的全部，而牠有在看家有在盡本分，就是他養牠的唯一理由。

外公處理牠的遺體時就和他在田間灑農藥一樣從容，像是在把被捕蚊燈電死的蚊蚋從地板上抹乾淨，不可能帶有一點痛苦。

一隻老狗走了，外公便再去抓另一隻小狗崽，多年來都是這樣的，外公一生裡都有條狗等著他和他的貨車從田裏伴著夕陽回家，就算日子現在好過多了，工作時間短得多，他對牠們的若即若離絲毫沒有改變。

而我從來都弄不明白這種陪伴的意義。

外公的那條鏈子栓的是那些不安分的狗寶寶。某年過節，我一回到外婆家便看到看門犬換成一隻不到一個月大的小黃狗，表妹告訴我，是前一隻「小黑」「回去」了，遺體已經被外公丟去不知道哪條水溝裏沖走了。我心裏小小哀悼了一下小黑的死，而後牽起那條鏈子的新主人，想放牠出去走走，但記憶裡一個曾經的黑色的小小身軀，竟和眼前這黃色的身影重疊，我不禁心酸，一次次重演的生死，我都能預見這個新生命的下場了，竟有崇禎皇帝「汝何故生我家」之興嘆。外公操著一口臺語嚷嚷，打斷了我的思緒：「別太常讓牠離開那裡，讓牠喜歡上到四處黑白走，妳回去臺北以後我是沒時間沒功夫做這些嘸聊的代誌。」說完就又緩步走回那張立在門口埕的竹篙躺椅，一屁股坐下，什麼事都不做，躺椅被擠壓，發出的吱嘎聲和他那話一樣刺耳，外婆就在他前方的臉盆用拉長的黃色水管刷洗鍋具，刷子有規律地刷著，任那水流沿著小溝渠流向鐵鏈掛著的，那片斑駁的紅磚牆，染濕了狗兒的腳，牠舔了口髒水，接著在裏頭打滾消暑，我看牠樂的，便不顧外公的話只管把牠從鏈子上解開，誰知牠卻毫不想要離開牆角下那塊又潮濕又黑暗的陰影，我無奈地看著牠乖巧地靠著紅磚牆，索性猜想牠大概只是傻，傻到不了解那扣環解除之後代表自由，抑或只是不想踏進被陽光曬得暖而微燙的粗糙水泥地。

或許我家狗兒最常見的美德之一，就是對自己的不幸逆來順受。

突然一陣洪水溢出小溝渠，是外婆倒掉了臉盆裏的水，她放下刷子，提鍋回到廚房，我跟了進去，她翻找了一下冰箱裏的冷凍豬肉然後將其泡入溫水，才幾點呢，她老人家就又開始準備下一餐，年復一年日復一日地。

我久久一次回來鄉下，「妳要是一有空就回來看看阿嬤！」她總是用粗糙的雙手捧著我的臉殷切地說，把她滿身皺紋的臉貼得我好近，那雙有著下垂眼皮的小眼，只有這個距離我似乎才能看見包裹在裏頭，還閃爍著的黑眼珠。

「那妳也來臺北找找我啊！」

「阿嬤就不識字啊！坐高鐵我可是要皮皮挫！」

她走不了，哪兒都不能去，哪兒都不會去。

就算知道丈夫曾經在外頭有過女人，就算曾經被丈夫惡言相向、甚至「起腳動手」，她待在這個家裏曾經如何卑微？逃回娘家一個星期卻是她這輩子唯一一次的反抗，因為沒有母親在的家是失序的刑場，鞭打及咆哮會因為惱羞而愈發狂妄，五個尚年幼的子女驚慌，被逼著到富裕的鄰居家借電話央求母親回家，卻只在接通電話後，哭著大喊「媽媽」。她稱不上妥協地回到家，在那堆一星期六人份的髒衣服前蹲下，又是好長一段時間的洗刷。這場婚姻好似那鐵鏈，由外公調節半徑的收放，是場沒有甜頭的長期訓練，只管讓她由衷承認那塊潮濕的陰影，就是她的全世界。

一杯偷偷倒的牛奶，一罐偷偷買的糧，平時所有的不允許，讓我短短能付出的這幾天寵你一下，我在清晨造訪紅磚牆緣的小黃狗，至少我在的時候你能一嚐沒有餿水味道的東西。我解開牠的鏈子，並蹲在陽光中張臂迎接，我對著牠，一次又一次地輕喚著我不敢對著外婆說出口的問題：「有我在的這個時代已經變了，妳到底擔心什麼？」牠望著我，小小身軀卻向斑駁處又挪了挪，又哼哼地叫著要我去幫牠撓撓頭。

「查某人就是要忍耐，不然我當初怎麼撐過來的！」

「媽，現在什麼時代了，我看妳也和那家媳婦一樣趕緊離了吧！我們都成家了，妳沒理由一直跟著他。」

她剛剛還大聲斥責哪家媳婦變節呢。

外婆沒有回應，只是慌慌張張地退回了廚房。

可惜了大時代早已「變節」，「節婦」卻自顧自地讓自己被婚姻的長鏈栓在男人身上，就算「陪伴他」導致自己的人生跟著一塌糊塗。

猶勇

高三公班　李佳軒

雙手浸在水盆中輕輕搓揉泳衣，鼻腔周圍飄散泳池殘留的味道。一滴水躍出盆緣，墜進心湖盪起聲響：好想當一條魚……。想當一條魚，擺擺尾鰭掀掀鰓蓋，泡在一淺清澈，頂著碧海藍天，歸向江海。

一座舉辦游泳接力競賽的水池裡漂浮那頂泳帽在盛夏頂戴的期盼、承載這套泳裝在水波蕩漾間所有情感。微微飄雨的午後仍不減眾人高昂的興致，一行人浩浩蕩蕩列隊如遠征士兵，踩著輕快細碎的步伐行至泳池入口的鞋櫃。同學們脫下襪子踩在略濕的地磚上，或蹙眉，或抿嘴，稍稍不情願的神情沒有被我遺漏，花容失色的模樣盡收眼底。

岸邊此起彼落著歡呼加油聲，聲聲鼓動選手們的心跳。在岸邊試著用暖身操緩和情緒，按著熟悉的節拍拉筋伸展，我意識到自己稍稍出汗，皮膚底下血管流動著躍躍欲試。我驕傲地望向班上第一棒站上跳臺、疊合掌心，隱約可見小腿肌肉線條，只待發令槍響，力量從肩頭一路延伸至指尖再穿透出去，呈現完美的弧形，潛下水底流線美若蛟龍。我凝眸注視全程，不願錯過任何瞬間——鼓起勇氣跳水時的義無反顧乃至游畢上岸的筋疲力竭，我仔細收好每個神情，打算來日對著燭光，拿出來複習十七歲的勇敢。

就快輪到我了！矽膠泳帽緊貼頭部，反覆將蛙鏡壓向眼窩，前一棒的白頂泳帽來到黃色水道繩區。不禁憶起那個好幾年前初學游泳的女孩，著一身橘底小白圓點滾花邊連身裝，在扶手旁抗拒下水。當年那個怕水的小女孩如今站上跳臺了呢！緊盯著的白帽現在進入紅繩區域，我微蹲，擺出預備姿勢。前一節課故作鎮定寫筆記，思緒早已飄到池畔，一遍遍模擬入水的韻致、懸想躍入水面之際，身姿會不會同影片中的選手那般優雅？身旁的同學同樣心不在焉，原子筆焦躁地在指間旋轉、數次摔落，後來索性擱下，望向窗外。當時隱隱鼓動的浮躁全留在教室內，此刻我伸出了手臂，看著翻騰至水面上的氣泡，突然忘了氣體在水中的溶解度如何求，只知道自己的心完全溶進水裡；想起物理課的黑板提到波可以傳遞能量，一抹笑自臉龐綻開，我必須接收前面積累的希望，再交給對岸的最後一棒。終於白帽出現在跟前，眼角餘光瞥見同學的指節搭上岸邊——就是現在，跳！我深吸一大口氣，沿想像中的弧度拋出身軀，縱身躍入水面。不曉得入水軌跡是否吻合拋物線？能肯定的是濺起些許水花，錯落無盡情致。

和自己說好上場時要殺氣騰騰、不顧一切歇斯底里前行。然而，竭盡全力如原先計畫，當下目光卻洋溢滿腔柔和，依戀包覆堅定、繾綣涵藏執著；我原先以為過程中可以好好享受整條水道的通暢無阻、感受被水體包覆的安心，怎知忙於撥水划手、踢腳打水，無暇顧及滿溢的情思；我知道最終將迎來池壁，提前做好面對抵達終點時悵然若失的心理準備，直到觸牆那一刻才發現……

盼了整個夏季的這趟游水，竟然聽不見水面上喧譁，只有自己吐氣的泡泡聲；練習時的從容臨陣脫逃，只好故做鎮定，不斷評估這口氣還能撐多遠的距離、盤算如何節省換氣時間，開合的唇吐出激越且張狂的氣息。

剩下兩條手臂的距離。平時我會準備前滾、蹬牆，然而大隊接力的意義在於延續與合作，於是我奮力伸長手臂把最後一口氣吐乾淨，「啪」一聲拍在池邊。「就這樣嗎？」一錯愕清楚寫在我的雙頰，上方懸著彩旗意味結束，我突然感到微微暈眩，靠在牆邊急促地吸吐。只見水面隱約翻動，我看不清戰況，也不確定幾分鐘後是否能以晉級隊伍的身分參加決賽，因此想在池裡多待一會兒，品嚐賣力後的餘溫。跳下水需要勇氣，上岸也是。

心底很貪婪地奢求再游一次的機會。等待成績的期間，裝作若無事然和同學們閒聊，還戴著泳帽期盼可以晉級。「可以換衣服了！」班上一位同學跑過來說——愣了半晌，才聽懂那是沒有晉級的意思。在它落地前，我接住了自肩上滑落的大毛巾，失落攀上心頭，眼神游移在面前輪廓模糊的臉龐，試圖在同學臉上也覓得一絲失望。拖著身軀踏入淋浴間，扯掉蛙鏡泳帽，閉上眼任憑水柱沖下。此時耳畔傳來隔壁間同學們單純的嬉鬧，安慰的話語始終沒有說出口，只因大家心照不宣，過程才是最深刻最痛快最值得留念的。腦中閃過許多過往班際競賽的畫面，赫然發現一路走來共同創造的回憶鮮甜依舊，而這份秘密的情感公開在班上每個人心中。我幡然醒悟：方才的奮臂划水已成為唯一，刻進我的青春篇章，二十五公尺太短，沒能過癮使出全力；二十五公尺也夠長，珍藏每一秒便無憾。我明瞭不需要背下每一塊地磚的顏色，只要身為班上的一份子，就擁有全部。於是我爽快地甩了甩水珠，挺胸走出淋浴間，留下最後一眼眷戀與新鮮的腳印，再次環顧四周，成像落在視網膜前，迷濛間滿足盈滿整座心房。

十七歲的盛夏，我和我的班級漾開笑容，盪在水波間，映照只屬於我們的光采。我早已是一尾魚，悠游在名為班級的清潭裡。知道此生做不到「相忘於江湖」了，因為從相遇的那一刻，我們就捲進只有彼此的漩渦，牢牢鑲進柔波的頻率。釋懷地離開池畔，我們能並肩前行的距離，遠比一個水道來得長。

下一次做這個動作應該是明年了吧？我這麼想著，熟練地晾起泳衣，天邊掠過一朵浮雲，道別這一季夏日。蒸乾水氣，留下熱空氣裡的勇敢。

現代散文・佳作

大紅龍蝦

高三勤班　劉沛綺

夏季的太陽從來都是火辣辣的紅，紅得耀眼、紅得灼人，卻也紅得暖心。無數縷陽光透著窗櫺灑在茶几上，襯得那對大紅龍蝦愈發活靈活現。

毒烈的日頭高高掛著，六歲的我晃悠到屋後的小院子，與其說是院子不如說是條閒置的小走道，地上鋪滿了暗紅色的磁磚，筆直的行列中偶有三兩塊拼得歪斜，卻也不失純樸可愛。小走道的那一頭擺著一大一小兩張板凳兒，一抹熟悉的身影果然窩在那牆角的大板凳上。身上依舊是她經常穿的墨綠色襯衫搭咖啡色半長褲，仔細一瞧，不難發現那縱橫纏繞著的粗糙纖維。一綹綹黑白混雜的髮紮成無數根辮子，一圈一圈盤在耳際，面容上彎著她一貫親切的眉眼。龍鍾的身板正駝著背、低著頭，全神貫注地盯著手上百貨公司的紅紙袋，另一隻緊握剪刀的手來回比劃著。

心裡不停納悶著怎麼又是紅色，而且是這樣亮麗而不修邊幅的紅。依稀記得外婆最喜歡紅色，特別是專屬正宮的大紅色。外婆說紅色不僅喜慶還很大氣，是古時候大家閨秀才稱得起的正色，即便是在如今科技化的時代裡，紅色仍是逢年過節少不了的吉祥的象徵。外婆卻鮮少穿得這樣鮮豔。她是老一輩裡苦過來的，大紅色於她是年節縈繞的歡樂氛圍、是人生本苦中的一點甜蜜。所以外婆只會在春節或者婚禮這樣大喜的日子裡，縱容一回，穿上她鍾愛的大紅色。

「哈！外婆妳果然在這兒！」嚷嚷著的我一蹦一蹦地撲進外婆懷裡，外婆的臂彎又軟又暖，還帶點兒濕黏的冰涼，我抬頭、看見她額上一顆顆豆大的汗珠，一如既往地，我問：「不進去嗎？太陽太大了！」回應我的必然是那抹笑：「流點汗很舒服的！」放眼望去，萬里無雲，看不見盡頭的天空亮得發燙，身側更是靜得沒半縷清風，彷彿困在悶熱的桑拿室裡出去不得，哪是舒服呢？

百般無聊間，被身邊剪刀劃開厚紙片的聲響吸引，「喀——嗤、喀——嗤」，外婆握著剪刀的手活脫脫像尾靈活的蛇，迂迴蜿蜒緊接著一個向前急速衝刺，七八塊切口平整的小長方形紙片落下。只一眨眼的功夫，數個紅紙袋早沒了蹤跡，代之的是整整兩簍子的長方形紅紙片。看我緊緊盯著手裡攢著的紅紙片出神，外婆柔聲問道：「丫頭是不是想跟外婆學做大紅龍蝦？」

先對半摺、再往內摺出兩個尖角、反拗出一個直角、最後撐開背面的隙縫作為卡榫，一個零件就成了。步驟看上去確實是不難，要摺得恰到好處卻是另一回事，太鬆容易散、太緊難組裝。出自我手的小零件總是病懨懨的，歪扭得毫無生氣，外婆就像個慈悲為懷的醫者，一個個溫柔細緻地矯正修復。

外婆像個溫柔的醫者，卻也像戰場上奮不顧身的勇士。母親常驕傲地與我說著她敦厚不羈的傳奇。那天的夜黑得不尋常，外婆帶著母親早早就寢。朦朧中聽見細碎的腳步聲，大驚，外婆猛一下坐起身來，朝著半夢半醒的母親比了個噤聲的手勢，刻意扯亮嗓子說：「老頭子老頭子！外面好像有人你看看去！」其實那時外公出海去了。然後外婆隨手操了把掃帚，用力撞出房門，在樓梯間踏來踩去，腳步聲振振，在寂靜的夜裡顯得異常重而威武。後來小偷溜走了，並再也沒來光顧。身為外省人第一代，又是家中長女，壓根兒沒等得及成年，外婆不得不一肩挑起家計，養成了她烹飪、裁縫、手工藝無一不精，更造就了她的處變不驚。我的外婆溫柔而勇敢、慈愛而堅毅。

沒過幾天，一再失敗的紅龍蝦悄然澆熄了我最初的興致勃勃，卻仍是喜歡膩著外婆的。我坐在地上，拿外婆摺好的零件當作骨牌玩，輕輕捏起一個小心翼翼地排在長列的最末，欣賞著自己一番工夫下的傑作，地上一圈圈全是立著的零件，心裡滿是歡喜。不時也抬頭看看外婆組裝到哪兒了，畢竟這可是我的「大紅龍蝦」，不免格外關心，看見龍蝦尾巴隱隱成形更是雀躍得不能自己。

更早以前外婆是不做龍蝦的。她好做輕巧活潑的「啾吉」，翠綠色的一團蹲踞著蓄勢待發，叼著銅色古錢正輕聲哼著名為招財進寶的小調。抑或是優雅端莊的天鵝，細長而彎曲的頸子勾掛環更勾人魂，渾圓的肚子裝的向來不只是文具小物，是永浴愛河的祝福。是特地為我而設計的，外婆說，龍蝦龍蝦、亦龍亦瞎。她說我是千禧年生的小龍女、她是「目睭花花」的老瞎子，只聽外婆又說：「丫頭知道嗎？龍蝦有雙大大的螯，總是鉗子夾著鉗子、成雙成對的，還能活一百歲呢！就像外婆一直一直陪著妳。」

太陽依舊是灼灼的紅，紅得一片純淨。許是不經意的，外婆穿著一襲赭紅色罩袍，盤在耳鬢的髮穿梭著絲絲桃紅色絲帶，熟悉的笑靨藉著玫瑰紅色的唇膏出落得別具風韻。她呵護嬰兒般的捧著那對大紅龍蝦，顫巍巍地伸直了手，沒有說話，只是笑。我歡喜地轉來跳去，摸了摸那坎坷卻排列規整的零件拼痕，再扯了扯那彎折纏繞的觸鬚，又睜著眼睛衝著它大大的褐色眼珠瞧了又瞧。打心眼裡高興。

我曾經真的視龍蝦的成雙成對為理所當然，以為自己擁有外婆的一切。後來才發現除了那兩只大紅龍蝦，我什麼也沒有。溫暖的陽光無聲溜進窗子，照著几上的大紅龍蝦晶光點點，像極了龍蝦在波光粼粼的淺海漫漫而游，然後陽光又悄悄揮別。

原來還有一種紅，紅得這般蕭瑟。

現代散文・佳作

釀

高三勤班　陳韻淳

小學的操場，總是只有男孩的身影。

即使多年後的某個假日，因為參加比賽而回到母校，略有些空曠的操場上，老人在慢跑，稚童在笑鬧，籃球落地聲碰碰，我眼中還是只看見躲避球場中央，那個穿著學校運動服、打著躲避球的男孩。

衣服是一貫熟悉的顏色，比常人都洗淡了些的鵝黃，舉球縱身躍起的身影雖小，卻輕盈如流星，光芒四射。午後的陽光撒在他身上是最剛好的溫度，粉末藍的天空也是最適合的背景，在男孩身後，襯出他那略帶稚氣的好看側臉。落地的瞬間，晶亮的瞳眸濺出得意的笑花，落在頰上，凝成淺淺的酒窩，最恰當的弧度。

眨眨眼睛，男孩的身影消失，眼眶竟不覺有些濕氣。

在小學的年紀，談甚麼情竇初開，實在有些好笑。但綁著雙馬尾辮搖頭晃腦的小丫頭，會在眼風掃到某個身影的瞬間低首摀嘴，內斂而氣質地咯咯笑著，內心搬演著天馬行空的小劇場，等著他走過時不經意地問句「你在笑甚麼？」那種緊張到頭腦有些發脹，暈呼呼的感覺卻也再真實不過。

喜歡一個人最不需要問的就是為甚麼，而小學生的喜歡更是可以從各種荒謬的理由而起。或許他是你最近一個月的同桌，而朝夕相處下，你意外發現他的臭屁其實很可愛；或許他期中考數學拿了一百分，你不由自主地崇拜他的聰明；或許他一個跳投空心入網，在你心中堪比小飛俠Kobe Bryant，有過之而無不及。縱然可笑，情感卻也是真真切切，如果老師在上課時，可以拿一根針，刺破所有支著下巴傻呼呼笑的女孩頭上冒著的泡泡，整個教室恐怕會發出綿綿不絕的「啵啵」破裂聲。

然而男孩的身影，卻在我的腦海裡流連了很多年。

故事的開頭，總是簡單的。一個十歲小姑娘在躲避球場上被同隊主將打球的英姿給收服的日常點滴，這樣平凡乏味的故事恐怕沒人有興趣豎起耳朵聆聽，女孩的生命，卻從此帶了一點浪漫的色彩。正是因為太簡單、太純粹，才會有毫無保留的傾心。男孩在班上是人氣王，他的生活其實不需要再一個配角的加入，舉手投足，帶動的都是身旁好幾個夥伴的笑。因此格外珍惜那幾個在校門口巧遇他的早晨，灰濛濛的天色，懶懶散散的雲，遠遠看見那一件熟悉的深藍薄外套緩緩踱進學校，便趕緊加快腳步跟上。壓抑住狂喜，低低地擠出一聲細若蚊蚋的「嗨」，然後得到他略帶笑意的友善回應。並肩走到教室的路上，眼角不由自主地亂瞟，身邊的人只是靜靜地走著，手插口袋，足尖時不時踢踢跟前的落葉。他看著地上沒有表情的樣子很可愛、他的斜瀏海被風吹得有些歪了的樣子也很可愛、右頰上有一顆小小的痣，上方長睫毛微微顫動著的樣子更是可愛。通往教室的路總比想像中要短得多，來不及將男孩全身上下打量個通透，略有些遺憾的心情卻擋不住心底漫出來竊喜的甜蜜滋味，讓一整天的空氣，都瀰漫著楓糖的氣息，清新、怡人。

當時的喜歡是不懂得掩飾的。自以為神祕兮兮不為人知，卻在瞬間被同學戲譃的揶揄銳利揭穿。小學生幼稚無知的笑語，竟讓手足無措的女孩與微微臉紅的男孩間，蒙上一層尷尬的氛圍。所以更加記得，那次在電話裡，由於知道他是被另外一位同學慫恿才邀請我參加他們家舉辦的聖誕派對，我有些惱怒地撂下一句「如果是這樣我不去了」，電話線的另一端沉默了幾秒，傳來一聲輕輕的：「欸，你來好不好啊？」後面的對話已經記不清了，只記得在略有些稀薄的空氣中，我小小回應的那一聲「嗯」，莊嚴得彷彿是答應了一場世紀大求婚。

其實僅有短短一年同班的緣分，然而三百六十五個日子，和他說過的每一句話、傳過的每一封郵件、跌倒後收到來自他偷偷關心的字條、午休時兩人將臉蒙在臂彎裡，雙眼卻隔著半個教室對望好久好久、甚至是分班後在走廊不期而遇地點頭微笑，這些片段的場景都足以在我腦海裡發酵、膨脹，終成一壺香氣瀰漫的陳釀。

升上國一的暑假，我不經意開啟自從和他分班後就不曾登入的信箱，卻意外發現一封未點開的郵件，畫面顯示新傳，卻已被陳放太久太久。

「我喜歡的人，生日是在七月的第二個禮拜的某一天。」

或許過去種種，在從前發生的片刻不曾代表甚麼，卻在回味的過程裡增添了更深一層的意義，好像一片輕羽被用力壓至水底後，慢悠悠浮了上來，左一晃右一擺，激盪起心中陣陣漣漪。操場上、教室裡、電話線的兩端，那些曲折了的心腸，品嘗過的酸甜，終究在一封兩年前早該被開啟的郵件，畫下一個有些遺憾卻足夠美麗的句點。

很多年以後，某個豔陽當空的正午，我在路上遇見了他。那日的陽光太明亮，照射在他的瀏海，有些令人不習慣的刺眼，他身邊依舊有一群朋友，和他自然親暱地玩笑著。我停下腳步，張了張口，卻終究低下頭，匆匆與他擦肩而過。他彷彿還是那個眾星捧月的男孩，連臉上淡如清風的笑意，嘴角淺淺的酒窩都是熟悉的，好像時間就這樣定格在這麼多年前，等著我去按下播放鍵。

但我知道，他已經不是了。多年前的那個男孩，早已隨著光陰飛揚而逝，只留下一段美好的剪影，被我小心翼翼地收藏起來。

於是，選擇錯過，選擇讓故事，繼續停留在那個淒美的手勢。回憶似乎還是適合沉澱在心底某個不會被揭開的角落，悄悄醞釀著，愈陳愈香。

現代散文・佳作

冬雨

高三勤班　朱允辰

還住在基隆時，二樓的外婆家有一片很大的落地窗。

每一年的冬季，基隆的雨都下得理直氣壯，溼氣伴隨低溫，一點一滴自窗邊縫隙鑽入，再滲入皮膚，冷得刺骨。屋內的窗簾、衣服、床鋪都帶著水氣，好似一掐便能擠出水來。窗外欄杆上的鐵鏽是刷不掉的，像是禁不起歲月拖磨的老人斑，頑固無比的存在，墨綠色的漆已脫落大半，再厚的妝也遮掩不住風華已逝的事實。這樣破舊的外貌好似一座被遺忘的古堡，怕是再身手敏捷的小偷也不敢攀爬上來，隱約有一種安全感。

基隆的冬雨和夏季的雷陣雨完全是不同宗族，或許是這樣，它在這塊番薯狀的土地上才有了鮮明的印記。沒有熱情而黏膩的鹹味，沒有來去匆匆的豪邁氣勢，是絳珠仙草還淚般的心事重重，誰也參不透。自落地窗望出，千條萬條的線，落在人行道上，一步一步跳著華爾滋。這兒的街道永遠乾淨不起來，典雅的暗紅色地磚長年在雨點舞步的踩踏下，嵌進了一圈一圈的黑，善於鑽營的青苔趁機展現生命力，舊有的或者是新鋪的地磚在此一視同仁，全被冬雨的畫筆勾勒出專屬於基隆的痕跡。大約就是這過於灰暗的色澤，讓這座城市有了老老朽矣的風景。生鏽的鐵皮屋在此地繁衍子孫，就算是新蓋樓房的亮麗外牆，只要經過雨水的擁抱後，不消三年光景絕對是色衰愛弛。難怪即使臺北居大不易，這鄰近的灰色系城市仍是得不到青睞。

人行道旁是一條通往海灘的大馬路，車聲喧囂至極。由遠而近又遠去的聲音，大車或小車疾馳而過，激起的水聲帶點滾滾海浪的韻味。輪胎輾過水窪的瞬間，嘩的一聲後水花四濺，細聽那一聲爆破音，倒像是和雨神打招呼的方式。這聲招呼喊得過於猛烈，馬路上的坑坑洞洞在雨水的浸潤下，坑得愈深，洞得愈大，但絕沒有人向政府抗議的，因為雨都的居民都知道，這不能苛責路政單位。不遠處可以望見公車亭，說是亭有點高估了它，它不過就是兩根柱子撐著一片屋頂，旁邊立著站牌。說到公車，請別聯想到臺北那樣舒適寬敞的低地板公車，要坐上基隆的市公車得費一番功夫，首先要有耐性，二三十分鐘才見一班公車姍姍來遲，還得爬上三級階梯才能刷卡上車。公車上似乎有一條不成文的規定，前半部的座位是專給老人的，若是我們這種身強體壯的坐了，老人一上車會直接走到你身邊，示意你讓座。若是座位上坐著的是小小朋友，老人們會毫不客氣地坐下去，充分發揮分享的精神。如果夠幸運能搶到後頭的座位，會發現那位子或坐墊搖搖晃晃，或信筆塗鴉，甚至坐墊被亂刀劃破，要不是從小生活於此，大概會懷疑這裡處於無政府狀態。雨天時搭公車更是一場冒險之旅，悶溼的空氣夾雜人們的體味，濕漉漉的傘無奈地緊貼主人的長褲，在坑坑洞洞的路上，劇烈的搖擺加上「嘎吱嘎吱」的聲響，我經常懷疑這車隨時要解體，更經常害怕會突然休克。

「呷飽未？」樓下傳來響亮的喊聲。視線拉回了人行道上，一名八十多歲的老太太，仰著頭朝我打招呼。她是外婆的朋友，自有記憶以來，就常見到她在樓下整理回收物，風雨無阻，她認真的身影至今仍經常在我的腦海之中播放。和臺北那種由外籍看護陪著、慢悠悠散步的老太太不同，基隆的老人顯得獨立而刻苦耐勞，在這座城市的每一個角落，捕魚、賣菜、擺攤，或者就只是整理著家裡，為自己和老伴做一頓熱騰騰的飯菜。相同的是，每每一抬頭，他們的臉上便浮現了一抹若有似無的微笑，和身後的冷雨形成了強烈對比。也許是因為一生都浸泡在這冷雨之中，他們習慣於認命，隨著歲月移轉，漸漸地也就學會了怎麼笑著迎接一年年的冬雨。窗外那位老太太一身樸素的花布衣，在騎樓下彎著腰，用力將紙箱綁成一大疊，偶爾有認識的人經過了，她便抬起頭來，熱情地用臺語問候著。在那佈滿笑容的臉龐上，有著只屬於基隆的紋路。

初二回娘家，再次回到這座城市，似乎很久沒有仔細看看它了。

什麼時候開始，公車已更新成低地板巴士，不再破舊搖晃？什麼時候開始，那個小小公車亭，也有了跑馬燈？什麼時候開始，沒再聽到那聲「呷飽未？」沒再看見那個無論晴雨都在的笑容？落地窗起了一層薄薄的霧，靜坐窗邊，我用手指無規律地胡亂勾畫著。窗外，年年的冬雨沒有停息，依舊在這座城市、在我的身上，刻劃著專屬的印記。

輯五　國寫卷一

總評

說什麼與怎麼說——細究國寫的「理性與感性」基因

陳碧霞　老師

在「理性與感性」的光譜上，人人所居的位置都一樣嗎？其實不然。王國維在《人間詞話》指出「客觀」與「主觀」的創作差異，他說：「客觀之詩人，不可不多閱世。閱世愈深，則材料愈豐富，愈變化。」而相對的，「主觀之詩人，不必多閱世。閱世愈淺，則性情愈真。」這看法約略點明了國語文寫作測驗「知性」與「情意」二類命題的評量重點：在理性層的「知性思辨力」上，必須維持「客觀」，歸納「閱世」的通則，提出個人的「洞見」；在感性層的「情意表達力」上，則必須保有「主觀」，呈現「性情」的真貌，渲染個人的「感受」。國寫命題二類能力兼測，考生勢必得細究自己外顯或內藏的「理性與感性」基因，截長補短，自我改造。

今年雨少，風鈴木又怒放了；國寫測驗限制多，作品表現仍大有可觀。在一百一十九篇各班師長推薦參加「國寫一〇七年研究用試卷（一）」*徵稿的作品中，在第一輪即贏得所有評審青睞，白璧微瑕者在第二輪討論權衡下出線，當然，也有遺珠無法擠進得獎名單卻獨具特色。就來稿數而言，第二題明顯多於第一題，綠園女孩終究是偏好「情意」抒發。高三組限時作答，高一二組自由書寫，兩組表現明顯看出：高三組起承轉合結構相對完整，內容取材可謂腹有詩書而眼有遠見，遣詞造句的文字密度與質感相對較高。

從命題理念檢視作品優缺點

國寫的「命題理念」注重「題材生活化」，貼近生活經驗，切合社會脈動；強調「思考多元化」，強化分析理解，忠實寫出個人意見或內心感受。本次得獎作品多取材於生活，視角寬闊而有個人特色，符合命題理念。

第一題的題目是：

問題（一）：請就以上短文說明你所理解的「被遺忘權」。文長限六十字以內。

問題（二）：請以「被遺忘權」爲題，明確表明你贊成或反對，並提出此權利應否推行的理由。文長限四百字以內。

參賽諸作多能掌握關鍵細節，提出充足理由，或舉實例、或鋪敘想像情境，多面向論述闡釋。部分作品偶見取材偏於一隅、布局主從失調或語言隱晦曲繞等缺失。

第二題的題目是：

本文描寫鬼部的字勾起「我」許多經驗、回憶，也提示讀者：「獨特的部首悄悄統治著特定的主題」，從雨、從水是一幅山居歲月，從心、從手、從足內蘊動人的故事。據此，其他部首（或文字部件）的字，又可能引發什麼主題，表達什麼意涵？請依據以下規則，寫一篇文章，文長不限。

規則：

1. 以「從□」爲題，□內請自選某部首或偏旁（文字部件）。
2. 文中必須包含三個以上同部首的字或同偏旁（文字部件）的字，如題目爲「從火」，文中有意識地運用火、燈、熄……等，並將這些字的意涵與生命經驗連結，組織成文。

本題投稿作品主旨多元，或懷人、詠物，或敘事、抒感，書寫主題包括個人成長、人際情感、社會文化等不同層面。缺失則有選用字剪裁失宜、僅選用一、兩字或選用太多字、選用字獨立散亂而沒有中心思想、偏重描寫敘事而忽略與漢字的照應、流於泛論而缺乏個人生命經驗、鋪敘冗長而入題太慢等。

從閱讀理解掌握答題的重點

第一題「請就以上短文……」及第二題「本文……據此……」提示作答題之

先必須具備閱讀理解能力，考生須擷取來自文本的訊息，廣泛理解、發展解釋，詳審命題關鍵，再連結外在知識進行省思評鑑。

卷一第一題問題（一）A級評分原則：「能確切掌握『被遺忘權』的意義、針對性，內容完整。」若未能掌握關鍵詞語「刪除或移除網頁連結」，就是「內容不夠完整」，至多只能得B級。而文本「不利或錯誤的資訊」分屬兩個層面，「不利」指已發生的事實，「錯誤」指未發生的不實訊息，論述時不可偏廢。

卷一第一題問題（二）答題參考如下：

1. 考生可以站在贊成或反對的立場，但應清楚表達立場。
2. 贊成「被遺忘權」施行的考生，可就網路上不利資訊對個人造成的困擾加以發揮，舉相關實例加以應證，以說明「被遺忘權」施行的必要。
3. 反對「被遺忘權」施行的考生，可就公眾的知情權，以及對言論自由、新聞自由等各種面向，所產生的衝擊加以發揮。
4. 不論採取何立場，評分應考量文章寫作的評分原則，思路清晰、文字流暢、結構完整、論證嚴謹、內容豐富者，可給予高分。

上述關鍵在「清楚表達立場」、提出「贊成或反對的理由、例證」，徵文稿件所持立場約各佔一半，「正反並陳」卻未清楚表達立場者則不符命題要求。「考量文章寫作的評分原則」是釐清立意取材要「說什麼」，並拿捏謀篇遣詞要「怎麼說」。接著，讓我們談談構思要領。

從篇章構思編組完整的作品

構思時心中要有完整篇章概念，在「題旨發揮、資料掌握、結構安排、字句運用」各項度力求得宜，切忌擠牙膏式回應問題，使文字零碎斷裂而不成篇。

在「題旨發揮、資料掌握」上，知性題重「統整與思辨」，表述要有邏輯性；情意題重「真情與實事」，抒發要有想像力。

卷一知性題第一題問題（二）A級評分原則：「論述周延，層次井然，文辭精練。」本題必須分層推論，能破能立。贊成此權的理由有：個人隱私法規加強個資保障、消除不白之冤、給人改過自新的機會、避免人人自危、降低錯誤資訊的傷害與不當利用、學習原諒與寬容。這些理由從當事人及旁人角度切入，確定已見能確「立」；而主張移除連結並非刪除原始資料，不妨害知情權，則是針對反對主張的「破」除。

反對理由有：有恃無恐的人無責任心、竄改否認重要事實造成流弊、掌權者濫用此權箝制媒體、淪為有心人的犯罪利器、剝奪公眾的知情權、損害公眾利益、衝擊言論與新聞自由、界限內涵不清而窒礙難行、不利搜索引擎相關業務。反駁贊成者的主張則有：個人錯誤要勇於承擔才算是改過、一個人的自新不能與千百人的隱憂相提並論、原始報導仍在而移除連結無效、根本解決之道是提升媒體識讀的公民素養、營造友善社群環境。

卷一情意題第二題題目要求「有意識地用特定漢字組成主題」，來稿選字可分自然類的從「日、風、雨、水、山、木」、植物類的從「禾、米、草」、個人類的從「心、口、言、食、辶」、物品類的從「糸、宀、酉、門、戈、玉」、文化類的從「示、龍、女、人」。主題涵蓋成長歷程、人生定位、心靈反思、孺慕親情、人際互動、社會關懷、傳統文化、女性平權、農村沒落等，甚至是寫書法的心得或一段情緣的聚散，千變萬化，深富情味。其次，「將漢字意涵與自己生命經驗連結」是情意題的評量重點，可惜不少作品寫成純粹議論文，雖然主旨深刻、文辭流暢，卻未能連結個人生命經驗而流為泛論，失去性情之味。

就「結構安排，字句運用」而言，第一題知性題乃說理文字，應該明朗切要，一針見血。但在有限篇幅中評審們也看見參賽者的安排巧思，或以情境開場、或以譬喻收結，或正論、或反起，理性之美也有其不俗。第二題情意題的A+級評分原則是：「能使用三個以上同部首或偏旁的字組織成文，內涵深刻，結構謹嚴，文辭優美流暢。」相較於知性題，情意題筆端確實多帶了情感而更富吸引力。情意題的行文必須像流水因地勢改換方向，更多細節描繪，更多浮想聯篇，更多琳瑯響亮的形容詞語。

植物原有向光性、向地性與向溼性，但在不同環境下，根、莖、葉自然以特殊的結構和方法去適應生長條件。學習國寫技巧應如植物的適應學，無論慣用左腦或右腦思考，無論長於理性或感性，在「知性」與「情意」的試題裡，都要讓自己適應命題要求，確知要「說什麼」，進一步熟稔「怎麼說」，練就「判斷」

與「抒發」的兩支筆，鋪摛為「句秀、骨秀、神秀」的佳篇。

*註：詳細試題內容，請連結大學入學考試中心一〇七年研究用試題國寫卷一：www.ceec.edu.tw/PaperForResearch/107ResearchPaper/01-1-107研究用試卷-國寫（一）.pdf（試題版權所有：財團法人大學入學考試中心基金會）

國寫卷一第一題・高三組

高三孝班　周妤玹

問題（一）：

被遺忘權是隱私權的延伸。若出現有關個人不利或錯誤的資訊，資料主體可聲張被遺忘權，要求網路營運商刪除連結，以保護個人隱私。

問題（二）：被遺忘權

數位時代裡，網路資料流通迅速且廣泛，進而產生個人隱私權與新聞自由相互衝擊的狀況，被遺忘權亦是兩者間的衝突之一。支持和反對被遺忘權的聲浪皆未平息，而我反對被遺忘權的推行。

被遺忘權雖然可保護個人隱私，卻妨礙大眾「知」的權利。若個人意圖隱藏對自身不利的資料，造成公眾無法得知重要資訊，會導致資訊不對稱的情形，對資訊量少的一方不利，不公正、不公平的場面即會出現。再者，「媒體識讀」是現代公民應具備的基本素養，即使有不符事實的資訊出現，每個人都應先透過理性思考判斷其可被相信的程度，在這樣的條件下，不利個人的假資訊會先被排除。

此外，個人應對自己曾發生的事實負責，而不是在被遺忘權的保護之下安然度日。就算過往的事實會影響現在的發展，也必須接受那是自己的一部份，承擔結果並力圖改善或修復形象，這就是對自己負責，而非抹去這些事實。

我反對被遺忘權的推行。在隱私權及新聞自由衝突的時代，對媒體的辨識與對個人負責不可忽略。

吳佩蓉老師評語

作者開門見山表明立場，辨析隱私權與知情權的輕重，言明在資訊不對等的情況下，被遺忘權的實施可能帶來負面效應，進而提出以「媒體識讀」取代被遺忘權的可能，最後指出個人應為自己的行為負責，扣回首段反對被遺忘權的聲明。兩小題的回答均切中肯綮，說理條暢明晰，鏗鏘有力。

國寫卷一第一題・高三組

高三和班　張翔雯

問題（一）：

「被遺忘權」是指在網路上留下之不利於己的隱私資訊，向網路營運商要求刪除後，使他人無法透過搜尋引擎找出，乃個人資料的保障。

問題（二）：被遺忘權

我反對被遺忘權。一個人犯錯，無論有心或者受到蒙蔽，都不該忘記或被忘記。失足留下的傷疤，是下次行走的警惕。傷口輕易復原，只會輕視大過為小過，以致再次犯錯而不以為恥。對於他人而言，一個人的錯誤是他人的前車之鑑，應以此告誡自己勿重蹈覆轍。而將昔日事件作為今日行事的依據，正是「歷史」的意義。不論他人或自己，錯誤不被遺忘才是走向正途的良策。

網路科技日益方便，不利個人的過去雖暴露於雲端，有些委屈也應是便利之下的承擔。更何況過去並不代表從今往後，知錯能改才是當務之急。面對事實並克服，才能提起向前邁進的勇氣。自己身上的傷疤，只有自己真正接受才會淡去，縮小過度放大的自尊心，會發現其實沒有那麼多人在意。

社會興起的「肉搜」是被遺忘權崛起的根源。比起刪除或掩蓋，我們更該培養不隨意翻查他人的科技素養。即使曾耳聞一二，也不以偏概全地否定他人。事實在藍光之下或許能昭然若揭，社會正義卻只在人與人之間交流的真誠裡。

陳嬿卉老師評語

問題一須注意資料主體向網路營運商要求刪除的，應是相關的「搜尋連結」，非「隱私資訊」。問題二，作者開門見山揭示立場，以「警戒」為綱，脈絡清晰；末段拉高視角，期許「培養科技素養」成為維護個人隱私的防線，結尾鏗然。

國寫卷一第一題．高一二組

高二數班　張鈞涵

問題（一）：

被遺忘權即是個人針對自身相關過時、錯誤、負面資訊，要求網路營運者，將以姓名搜尋可得之網路連結刪除，藉此保障隱私的權利。

問題（二）：被遺忘權

對於「被遺忘」這項權利，我認為其合法性的確立是必然的發展，且理應被廣泛推行。

首先，當個人過往資料得以透過網路連結被揭露，則此無異於將隱私赤裸地攤開，有心之人可從那些連結中快速取得個資細節，更加劇了人肉搜索危害的嚴重程度，而政府為保護人民隱私，所建立起的法網便有了破口，實難以維繫民眾權益。

再者，人非聖賢孰能無過？若人們被剝奪了被遺忘權，便是失去了改過自新的機會。試想：倘若於一位願意放下屠刀而獲釋放的囚犯，面容上刻下象徵「過去罪孽」且永久無法消除的印記，縱然他立志向善，他人難免仍會以有色眼光看待之，那麼又何來的機會讓他立地成佛呢？

最後，現今網上各樣假新聞充斥，不實的資訊即便經釐清仍會留下影響觀感的影子，就如同一條澄淨的溪，若曾受過污染，便再不易全然復原，唯有徹底刪除連結方能免除當事人再受二次傷害。綜以上所述，「被遺忘權」確有推行的必要，不僅僅是它關乎人權之保障，更是尊嚴！

陳碧霞老師評語

掌握被「遺忘權」意義及針對性，說明清楚。首尾結構完整，表達贊成立場，分層論說「肉搜」對隱私權的危害，以及失去自新機會無法向善，最後闡述不實資訊的影響。擷取訊息精準，文字流暢，聯想、引喻生動具體。

國寫卷一第一題．高一二組

高二良班　鄭宇彤

問題（一）：

被遺忘權係指有關特定對象的負面或不實的資訊，該資訊主體有權阻止其被散播，例如要求搜尋引擎業者撤下相關網站連結，以維護聲譽與隱私。

問題（二）：被遺忘權

隨著科技的日新月異，全球資訊流通量愈來愈大，有關個人的資料一經上傳即難以抹滅。此時，漸有呼聲要求「被遺忘」，遺忘不利於己的資訊。

從個人來看，阻止負面聲名遠播，何樂而不為？但以長遠觀之，當「被遺忘權」被無限上綱，有權勢者可能更容易隻手遮天，需要公眾監督的領袖人物更可能箝制媒體。倘若對於個人不利，卻對公眾利益影響深遠的資訊被重重黑幕隱蔽，豈不是因小失大？這是我反對「被遺忘權」的首要理由。

其次，網際網路帶來資訊傳播速度及廣度的提升，單純刪除連結、關閉網頁，並不能有效遏阻訊息的傳播，且恐有打壓言論自由之嫌。關於錯誤資訊，相關單位應調查源頭；而負面卻真實的消息，則是個人在時代洪流下不得不承擔的責任。

關於被遺忘權，我認為其立意良善，但普遍施行卻可能構成侵害自由、損害更多權益的潛在威脅，且實行性不高。身處數位時代，我們只能儘可能提升網路使用者的素質，營造更友善的社群環境。

陳碧霞老師評語

能精確掌握被「遺忘權」意義及針對性，說明完整。清楚表達反對立場，分層論說「被遺忘權」形成的黑幕影響公眾利益，駁斥刪除網路連結的效用，進而提出「提升個人素質，營造友善社群」的根本解決之道，識見卓越。

國寫卷一第一題・高一二組

高二忠班　陳容

問題（一）：

若用搜尋引擎查詢某人姓名時，跳出負面或錯誤的資訊，資料主體即有權向網路營運商要求刪除此網頁連結，以保護個人資料。

問題（二）：被遺忘權

你今天要求刪除一篇過去的錯誤，你明天就會想要竄改之前的紀錄；你現在可以刪除一段自己的負面資料，你未來就可能抹去一場歷史。

沒有人會希望自己過往的負面資訊被放在網路上面供人隨時觀看，恨不得那些不堪回首的過去也隨著時間的深流被掩埋。但人非聖賢，誰沒有過幾個負面的事件？端看你怎麼處理後續、怎麼反省而已，若是合法化了「被遺忘權」的行使，人人都可以輕鬆地將不利資訊移除、輕鬆地重新開始，那麼大家還需要警惕嗎？而當「被遺忘權」遭到濫用，特定資訊藉此權力被消滅，不利於己方的言論、報導盡數移進垃圾桶，被「記得」的就只餘殘破的歷史。

個人資料的久存問題應該靠民眾對資訊安全、資料保護的重視；來保障錯誤資料的連結轉載應藉由媒體素養的提升以及社會大眾接受訊息的判斷能力來遏止。「被遺忘權」的界線太模糊，一個不能有明確規範的權力，一旦壯大，損害的只會是更多人的權益。

我反對「被遺忘權」，與其執著於盡抹過往所有汙點，不如伴隨著傷痕迎向未來。

陳碧霞老師評語

掌握被「遺忘權」意義及針對性，說明清楚。首段由小見大，直指「被遺忘權」可能抹去歷史。以反詰語氣明確表達反對立場，反面思考濫用「被遺忘權」的弊端，正面提倡資訊安全及媒體素養。善用對比文句，增強論說氣勢。

國寫卷一第二題・高三組

高三義班　楊宜清

從示

從示的字，大約是中華幾千年來，對於神靈最虔敬的一部經書。示部的字總籠罩超自然力量的聯想，一絲一縷如線香的煙，從字裡升騰而起，描出一幅自古至今，始終不變的堅定，叫做信仰。

信仰之中必有一神，甚至上百或千，成了整個信仰結晶的晶種。佛、道、基督、伊斯蘭教，乃至原住民的傳說、古文明的神話，「神」幻化成千百姿態，是風、是虹、是陽光，是高大雄武的，也是端莊慈祥的。祂們從上古那人類擅自解釋的自然現象，修成了亂世的心靈寄託；祂們勸阻邪念，也灌溉了善端。

如果神是至尊而敬畏的存在，則祖是人最深情的念想。人死不復生，卻透過在世者的淚水、回憶與相信，成了永恆；人死而成鬼，卻在一支一炷的香、一張一疊的冥紙，成山的蓮與成陣的紙船中，用虔誠的火，生生把地獄薰成豪宅，把鬼祭成與神同位的祖先。或許死生無常，光陰無情，人類總能用他們的毅然決然，幫萬事萬物灌滿信仰的身影。縱使渺小、無知、脆弱，我想，信仰才是最堅定永恆的存在。

從幼年至今日，信仰在生活裡看似不明顯也無強制力，卻浸透了萬事萬物，就連文字書信也沾滿了它的氣息。「祝」，幾乎九成以上的卡片會出現的字，有著溫柔無私的形象。我祝，祝健康，祝平安，用九道筆畫刻出在神面前的敬意，與為他人祈禱的溫柔。宗教的大禮多是跪趴在地的，如此謙卑之姿何求？求你幸福。何等溫暖的字！

從示，示部的路上幾乎不抬頭的。人們低頭、彎腰、爬跪，因天地偉大、為思念永存、願所愛安好。從示，是人類最溫柔含蓄，卻又壯烈至超越永恆的凝視，向萬事萬物，向悲劇，向奇蹟，而始終如一。

陳嫵卉老師評語

起筆的偏旁選擇，已見不凡。溫潤的文字質地織就出信仰的虔敬，從神靈、祖先到日常的溫柔祝禱，乃一以貫之的慈憫與謙卑，透顯自身對世事的洞察觀照。結構完整，情辭俱佳，神氣完足，超越了考試作文的格局，殊為難得！

國寫卷一第二題・高三組

高三信班　呂子昀

從人

漢字的獨特之處即在於「表意」。從「火」是文明，從「羽」則代表自由。而從人，不僅代表身分，更是概括人生。

人生首要的學習即是「仁」。「克己復禮為仁」、「君子無終食之間違仁」。雖作為孔子的中心思想，然而正如那七十二弟子，我也曾有相同的疑問——何謂仁？在一位老師的解釋中我得到答案：「仁，拆開便是二人，也就是心中有他者。」很是認同這樣說法。身為群居族類，「他者」不容忽視。學習看見他人的需要、體貼別人的難處，學習推己及人，試著凡事不以自己為中心，同理他人。這是早已熟識的道理，卻需以漫漫人生練習。仁，是與人相處、立足社會之始。

及至稍長，在牙牙學語中，人們有了「信」。人言即是信。藉由言語，人們彼此了解而學會信任；藉著歷代的口耳相傳，歷史得以保留，傳說與血緣有了歸宿。信仰更隨文明誕生，在言語中獲取力量，尋求寄託。但言語也可能是把利刃，因此人們應學習擇言，學習掌握應對進退的角度，使得信賴的美意、信仰的虔敬，能隨著言語的傳遞，找到立足的根基。

在知識增長與人際相處中，人們被塑造、建構，而最終體現於「儀」。儀是人類合宜的行為態度，一種游刃有餘的從容。人與人間難免爭執、難免衝突；夢想與現實間難免落差、難免有所割捨。而人們必須在每一次的挫折挑戰失落絕望之中，領悟，成長，學會進與退、失與得。這就是儀。一個保有彈性而不偏頗的原則，溫柔而不退讓，堅定卻不帶稜角，有著玉石的清輝而不流於喧賓奪主。

漢字的獨特之處，在於能見其形、明其理。仁使人看見他者，信使人善用言語，而儀則使人有可遵循的儀態，邁向成熟。從「人」之字，不僅是生命之始，更是窮盡一生亟需揣摩的課題。

陳嫵卉老師評語

貫串全篇的精神，乃在人我相處的進退拿捏，處處扣合人生。「仁」、「信」、「儀」三字雖習見，然作者或引用古籍，或正反申說，不囿於古而能自抒體會，行文從容流暢，情理交融而文意飽滿，最末總說三字及漢字之妙，甚佳。

國寫卷一第二題・高三組

高三平班　鄭采瑜

從心

如果說「凡是從鬼的字，皆內有文章」，那麼我想從「心」的字，都蘊藏著對人生最深情的解讀。之於正值人生轉變的高中學子，更是如此。

站在通往未來的交叉路口，我總遲遲無法像其他同學那般，無懼地展開飛向目標的羽翼。升學之路彷彿是一道單選題，在面對唯一答題機會卻又深怕錯失原本最適合自己的選項時，我畏懼了。師長和家人的聲音交錯，將我困在無盡迴圈——金錢主義和理想實踐之間，是否該聽從自己的心？惑，本該飛揚的心縛上沉重的選擇。我想人之所以會迷惑，便是因無窮的或字遮蔽了自己的真心。

猶記初入高中校園的我，仍是個能將「作家」二字勇敢填進志向欄位的天真女孩。然而隨著同學間的成績競逐、師長高唱明星科系的光環，當初放肆追夢的野心早已在不知不覺中消磨殆盡。迷「惘」，這張以無盡的自我懷疑編織的網總糾纏著，一如我初嘗在成績競賽勝出的滋味之時，自以為的喜悅在妹妹得到全國散文獎第一名的殊榮前，驟然灰飛煙滅。公認的努力正將我變成過去看輕的那種人，我掙扎、反抗，卻又無處可逃。

收起桌上一本本散文集，我效法同學將第一志願的科系寫在書桌前。跟著她們，朝「夢想」前進。

愛，蜷縮在受字間，誠如這份心情只能在承受無數打擊後才能彰顯堅毅。「既然現實可以摧毀夢想，憑什麼夢想不能擊敗現實？」思想家摩爾不向現實低頭的狂傲，過去曾堅定我追夢的腳步，如今在我迷失於課業和考試之時，這句話伴隨課堂上看到陳星合的故事再度烙上心扉。無懼追逐成為太陽馬戲團成員的夢，儘管面對長達四年毫無音訊的等待，陳星合仍熱愛著。揣著夢想幼芽冒雨前行，是不變的愛成就了夢最終在淨土上，綠意盎然。

在面臨生命的轉折處，未來的每步都充滿未知和懷疑，每個人何嘗不是面對未來二字迷惘、困惑著呢？或許通往夢想的道路會比自己預想的更加曲折多舛，然而這一切終將成為育養理想的養分。只要真心熱愛著，失去多少次都能再次重捨；只要還願意聽從心的聲音，便不致迷失自己。

再次迎向那道人生考題，就算仍會迷惘，但這次，我已有作答的勇氣。從心，選擇那個對自己最深情的選項。

陳嬿卉老師評語

本文取材貼合生命經驗，書寫面對升學選擇時內心的迷惘、衝突，展現對寫作的一往情深，架構完整，在眾多「從心」的篇章中，亦別富情味。而對「惑」、「惘」、「愛」的拆解詮釋，結合形、聲的想像，可謂別出心裁。

國寫卷一第二題・高一二組

高二良班　鄭宇彤

從言

幾筆密密麻麻的橫線，像是教科書上的段落；底下一圈張大了的嘴，彷彿傳達著無聲的辯駁——「言」的世界包羅萬象，從紙面上的語詞一躍而起，在人們的口耳相傳間化身街談巷語，連嘴邊的客套，「請」和「謝謝」也是它的蹤影。而我的生活，也是從言的文字們堆疊而成。

從小，父母便常讀書給我聽。那奧妙的篇章，動人的敘事，字字句句呼喚，要我去「讀」它——「讀」啊，究竟是書把精髓「賣」給了我，抑或是我將靈魂「賣」給了它？在一場場精神上的交易中，我泅泳於知識的海洋，登上了啟蒙的殿堂。「識」什麼呢？猶記幼稚園讀三字經，「人之初，性本善」，老師要我們用紅筆把識不得的字圈起來，別人的簿子血流成河，我的卻零星三兩朵紅花，於是我悄悄咀嚼著無謂的虛榮。但識字，的確帶給人們開啟的門窗，使他們透過閱讀認識、窺見更寬廣的世界！

然而，隨著年齡增長，「言」開始困擾我——當它不再安分地守在字裡行間，要求從我的口中溜出。「說話」，是我的一大罩門。當我直視對方雙眼，試圖在腦中組織文法與字彙，蹦自嘴中的卻總是結巴生硬的語句，伴隨自我懷疑的不確定性。多麼希望自己能流利順暢地與人談古論今，希望自己能抬頭挺胸地說出有條理的話語。「話」字從言從舌，重複提醒著我的笨口拙舌，像是在嘲諷著我。每一回努力，都因失敗而退縮，從言，不再帶來喜悅了。

但有那麼一個字，跳出來鼓勵我——「試」吧！即使遭遇挫折，仍不要放棄嘗試。世上有許多表達自我的方法，練得一招也好，半式也罷，總要試過一輪。溝通的要點，不就是「誠」意？若能俯仰無愧，真誠地娓娓道來，眼前這座阻礙路途的高山，對於說話的不擅長，終也有我「成」功攀登的一天。

從言，我跟從「言」的腳步，從鳥語花香的書鄉，到嘗試表達的戰場，最後化為筆下的篇章。身處「言」部統治的天下，我只願自己能帶著它們開啟我知識泉源的初衷，勇敢面對每一個挑戰。

吳佩蓉老師評語

作者以「言」部串接起個人識字求學的記憶，感觸由「言」生發，亦以「言」將其逐一銘刻。從初探文字、親炙知識的喜悅與好奇，到面對挑戰的失落和再起，文句曉暢，內容亦完整，誠屬佳構。

國寫卷一第二題・高一二組

高二愛班　向序軒

從水

筆尖輕輕題上三點，像極了三點舞動的水滴，潦草地書寫時，又曲折成一條蜿蜒的小溪，靜靜在紙上流淌著。小時候的我很喜歡水部，不只是筆劃簡約，還有它帶給字的美感。有別於木部的剛強、火部的炙熱、言部的正經八百，它彷若一股輕輕柔柔、使人心澄淨的清流，在心中激起陣陣漣漪。

水部，滿足了人的感官享受。渺小的三點，使你望見河的涓涓細流，海的壯闊波瀾；靜謐的三點，使淙淙的流水聲、淅瀝淅瀝的雨聲盈滿耳畔；還有那滑動的三點，讓你想起雨滴「淋」上頭頂的快感、身體「浸」在熱水的暖意、淚珠自眼眶「滑」落的冰涼……同樣的水部，不同的字，帶來不一樣的感受，那三點摻雜各式的畫面、情緒、溫度、音色等，使我每次寫起來，感觸都格外深厚。

沁，水流入心，是水部字中我很喜愛的一個。不太具體，我認為它是一種心靈感受的形象化。臺北炎炎的夏日，當冷氣已無法滿足我，我便會到離家不遠的冰店消暑。鏟上一匙黑糖冰，放入口中靜待融化，你就會明瞭何謂「沁」的滋味。明知道它會順著食道，進入胃，再到腸道，可是就會有股不可言喻的涼意與血液交融一塊流進心房，甚至彷彿自微血管擴散至數兆細胞，使全身達到降溫的舒爽，那種「沁入心脾」的感受，實在太銷魂了！

水火不容，卻和諧地同框在「淡」字中，本該是劇烈的化學變化，但是被解釋得很平靜從容，本身帶有衝突的美感。我認為，淡字是水部的一位哲人，懂得飲食清淡的養生之道，懂得交往君子該淡然如水，也提點著我們淡薄名利、恬淡無欲。在現實如此紛擾的情況下，或許從水教導我們，當世界太庸俗太混濁，學習如何「淡」化，心就可以慢慢如水，清瑩秀澈。

寫了如此多水部的字，又能感受輕柔的清流從筆身灌入我體內。從水，就如水本身，千變萬化，你可以從中領悟許多感觸，也能豐富自己的感官，就像與它們產生共鳴一般，我想，「水」與我們的人生融合一起，水中有我，我中當然也有水！

吳佩蓉老師評語

由「水」的外型連結於「沁」的感悟，再從水火不容延伸至對「淡」的思索，作者透過析字鳌意，精準縮合日常經驗與生命感悟。想像力豐沛，文氣靈動而明暢，結構上亦首尾呼應，處處可見意象相互唱和的慧心巧思，堪稱出色的作品。

國寫卷一第二題・高一二組

高一溫班　游涵宇

從酉

初次寫到「酒」，那是一個讓我困惑的字。根據我歸納的造字法則，它應是从水，酉聲的，但酉卻在讀音和部首都壓過了水，我不禁猜想著酉必定是個威猛的人物，在部首表上耀武揚威。畢竟能贏過「水」這樣一個基本且重要的字根。一邊這麼想著，用鉛筆磨出了一排排的酒字。

識的字漸漸多了，才發現从酉的字不全然氣勢凌人，多數時候它們只躲在聲符的旁邊。例如「酪」，對我來說這個字總是白的，當老師說到醍醐灌頂時，我想到的是一整壺奶酪淋在頭上，奶汁流到了地上，悟道的神聖與流淌的淡淡奶香相比，我竟為了被浪費的酪感到可惜。或例如「醃」，被浸在酒裡的東西會是什麼味道？當時我壓根不曾想過，只知道從玻璃罐子裡拿出有著醬油光澤的脆瓜時，總是要用筷子乾淨的另一端，小心翼翼的，像是害怕干擾了其他醉臥於醬汁中的瓜。或如「釀」，念出這個字時免不了掐緊舌頭，像是擠出聲音一樣的發聲，彷彿真有什麼要從齒縫鑽出，像是水果醋滴落在大桶子裡，或是蜜蜂一點一點吐出蜜以餵養族群的孩子。

知道酉真正的意思要等到國中之後。「醉」從來不是士兵因為吃了醃得入味的脆瓜而滿足得醺醺然；「酣」不是一整罐金黃的糖蜜；「醇」也不是開心地獨享整盆奶酪。李白見著青山多嫵媚，陶淵明即便不為五斗米折腰，也得停下來喝個痛快。沙場上的征人、冷宮裡的嬪妃或桃花源裡的漁夫，古人們的喜怒哀樂都圍繞著這酉部打轉了，我才意識到這是一個魅力的字，酒澆去了哀傷，平息了痛楚（或許這是「醫」的由來），更助燃了喜悅的烈火。也許它帶來了些許迷亂和痴狂，可那不正是它迷人之處嗎？可愛而危險。看著酉的形狀，忽然覺得它是渾然天成的一個酒罈，裝著人的七情六慾，而且有個謹慎封上的蓋子，像潘朵拉的盒子。

翻開字典中的酉部，甜蜜和苦澀的字摻雜著，散佈在字典泛黃的紙面中，像酒心巧克力，靜靜地睡在茫茫字海中。或許可以說，酉是最接近人性的部首了。

吳佩蓉老師評語

從幼時的直覺直觀，到成長後的心領神會，青春的成長與喜悅於字裡行間油然流淌，引人入勝。作者凝觀「酉」部字彙亦凝觀生命，全文主旨清朗，組織縝密，所用的意象細緻清雅，語句亦流麗明晰，情感真摯而動人。

輯六　國寫卷二

總評

語文能力的工程驗收

陳麗明、林月貞、林亭君　老師

當寫作成為競試的形式，任再從容的心情也能沁出幾滴冷汗，再生花的妙筆也有停頓的遲疑。為何寫作會是語文能力評比中的慣用形式？從科舉士子到如今各級升學考試中的莘莘學子，寫作向來是個讓人不得不熟悉卻又個個沒把握的動詞。這個動詞，讓學子們恨不得金榜題名後能與之劃清界線，殊不知這個動詞不只關係著學習考試，更與個人一生的語文能力相左右，堪稱是擺脫不了的宿命。寫作是一種表達，能反映現實和情感，個人為了傳遞思想情志，必須透過各種感官去視聽感觸覺知，更要運用邏輯思維加以建構。同時，寫作也是驗收的工程，舉凡識字能力、閱讀能力、形式深究能力等，都無所遁形於寫作中，所以寫作可以呈現個人語文能力的總和。

計算總和沒有想像中的容易，寫出好文章很難，更何況是在分秒必爭的競技場上。倘若是在好風如水的清雅環境中構思寫作，滿眼的扶疏、盈耳的絲竹，都能助長靈感生成，予人振筆疾書或尋思斟酌的空間，但試場如戰場，不免肅殺之氣，一個閃神，兵刃相接便萬劫不復。然而也不只有試場寫作會陷人於咬筆桿、腦袋空白的窘境，才氣縱橫如墨客詩家，創作過程中也不免「吟安一個字，捻斷數莖鬚」，從謀篇布局、構段組句到遣詞鍊字，無一不是邏輯思考、苦心孤詣的表現，寫作之難，古今同嘆。可幸的是寫作可以靠練習而熟稔，靠耐心而成事，畢竟博學的礎石是閱讀，領悟的關鍵在思辨，情意動人或論說清晰的寫作得靠深刻和嚴謹，求深刻、講嚴謹的技法猶如金字塔的頂端，須有閱讀力打底，思辨力為頂樑柱，才能撐起高度，閃出亮點，不管是為試場競技而作，或為人際的表情達意而寫，寫作都是值得個人不時琢磨、隨時應用的能力。

相較於國中階段的學習，高中生被期待的寫作表現除了熟悉各式文體的形式和寫法，更要展現思考的高度和深度。根據高中三年國文課學習的進度，學子們可以涉獵記敘文本、抒情文本、說明文本、議論文本和應用文本的種種材料，並從中學習各式文本的寫作特色和技巧，除此之外，學子們還可以從三步驟來拓展自己的閱讀方向和寫作訓練，第一步驟是概覽大考中心自學測、指考以來的寫作命題，包含近年來為國寫獨立施測所作的研究用試題，從中比較出會考和學測的命題形式有何異同，理解自己要在哪些寫作技法上截長補短或精益求精，覺察自己的得心應手和左支右絀之處。這樣的概覽會讓自己知道國寫命題的輪廓所在，知道往後可以往哪些面向瞭解細節，比如知道圖表或繪畫可能會成為命題材料，不妨就直方圖、長條圖、圓餅圖或折線圖多作理解，因為圖表的第一特點就是文字成份低，文字往往只用於標題、詮釋或標注數據及出處等，能就有限的文字和線條看懂圖中的數據或趨勢，才能依據題目要求來判讀資料，對症下藥；又如漫畫隨筆因為線條簡單俐落，印刷較不失真，常用於命題，如何針對題目指示來掌握圖畫旨意，與看圖說故事的能力大有關聯，平常就可多作練習，例如不要畏懼說話訓練，對著路景、人流或照片便試著說一個故事，剛開始說得結結巴巴、七零八落也不打緊，熟自能生巧，等到掌握住人物，情節與對話，故事的骨肉均衡了起來，也代表自己的敘事組織能力大有長進，所以有勇氣說出自己的想法和故事，是挑戰寫作的第一步。

第二步驟是養成定時定量閱讀和提問對話的習慣。知道國寫試題的梗概之後，學子可以知道寫作大躍進的方向，然而不積跬步，無以至千里，躍進要有起式，要有彈力，而閱讀是最好的起式，思辨是最驚人的彈力。青春期有著絕佳的記憶力和探索力，在忙於課業、考試和社團活動的高中歲月裡，若不強迫自己找出固定的時間閱讀課外書籍，可就白白浪費這個階段的好腦力。閱讀雖然耗時，但也快樂，為避免獨學無友的孤陋，可以找幾個志同道合的朋友，約好共讀好書，聊聊彼此的心得，所讀的書目可以請師長推薦，可以到好書網站搜索，可以是紙本書、電子書，也可以是論文、雜誌……，以文會友有精神交流的喜悅，更是幫助思辨的好方法。與人討論既在陳述自身經驗，也在吸納他人觀點，所以不妨讓自己以分析問題的習慣來讀書和對話，例如一本書的書名原是肯定句，若把書名變成問句，則自己會有哪些提問？而這些提問能否在作者安排的各個章節中得到解答？如果不能得到解答，是作者有所闕遺？還是自己沒能讀懂？又如果自己要用一句話來總結整本書的內容，會選擇使用哪些關鍵詞？自己印象最深刻的書中內容是什麼？最無法認同的觀點又是什麼？不妨縱容自己在書中反覆推敲、持續地設疑提問，用暫時性、推測性的結論逼迫自己找出更多的證據，或自問自答，或與朋友交詰討論，或寫下所得所感並不斷反思，這樣的閱讀與對話能讓自己百尺竿頭，釐清論點也過濾論據，從中學習如何直敲真理的門扉。

第三步驟是熟習文類形式和準確的抒情記敘論說。各類文本的寫作自有界限，雖說跨文類書寫饒有興味，但不學規矩不足以成方圓，熟習規矩才有變化的基礎。若是以人、事、時、地、物為對象的記敘或抒情，細節描寫和寓情其中可以使用哪些手法？怎樣的說明方式，才是合乎邏輯、客觀和理性的方式？多少的論據才能有力支撐論點？又怎樣的論證才能達到說服的效果？準確的抒情、記敘或論說，都離不開精準的遣詞用字和確切的思想主題，既準又確才能躋身深刻動人的寫作效果。修辭是文本的形式，卻也是呈現內容的途徑，烘托用得好，以景襯情能讓人同感「別時茫茫江浸月」，象徵用得巧，忘不掉的「背影」是孺子對父親的眷念，無須刻意修辭而求美文，但也不能以平鋪直敘為足，特別是在情意書寫部分，光是敘述不是文學，文學的語言需要陌生化的功夫，多些迂迴，添些想像，擴張壓縮中要有自己理路的一根針、一把剪，不怕綴聯，也無畏裁減，寫作在求內容和形式的最大公約數，不該有曖昧的空間。

本校向來注重寫作教學，藉此期《綠園文粹》之編，特別新闢國寫單元，以大學入學考試中心的研究用試卷為題，讓校內學子試筆練習。在「國寫卷二組」*方面，來稿相當踴躍：第一題知性書寫是針對一幅漫畫的解讀，高三組由各班國文老師推薦來稿，共十七篇，高一二組徵稿則有八十四篇，共計一百零一篇；第二題情意書寫是文章解讀並以「籠中鳥」為題作文，高三組推薦來稿十八篇，高一二組則有九十五篇，共計一百一十三篇。

各組佳作迭出，競爭激烈。第一題的得獎作品均能針對漫畫的圖像與涵義加以解讀，具有以下特點：一、訂題頗有巧思，無論是直指圖意的核心，或是提煉個人的觀點或主旨，命題都相當精準，與內文相應。二、解釋畫中訊息只是看圖作文的基本，得獎作品均能就圖像的訊息開展，深化其寓意，徵引例證以強化論點，例如講平衡而能言及諸葛亮與周瑜、林肯包容政敵的氣度，也能關注時事與社會現象，取材豐富多元。三、除了情節開展的聯想力，得獎人都有萃取觀點的統整力和精鍊的表達力，能在有限的篇幅內寫出合於題目規範的好作品。

第二題的得獎作品均能符合題目字數和寫作要求，具有以下特點：一、取材相當多元，得獎作品或以同題目引文的親子關係為籠，或以社會價值、外界眼光、自身的成見與自尊心，甚至是時間為籠，材料選擇很見用心，立意不俗，使人眼睛一亮。二、能以個人經驗呈現籠中鳥受限的情境，描寫細膩，引人油然而生同理同情，足見應試作文應本於自身感悟，真實抒發，無須為文造情。

清晰的思考和嚴謹的寫作，能剝除每一個句子裡的雜質，讓作品留下最乾淨的元素。憑著青春的勇氣和才氣，本校學子在前進考場、工程驗收前也總和試估了自己的語文表現，或仍有雜質，或元素分明，但盼載記曾經的鷹架與努力。

*註：詳細試題內容，請連結大學入學考試中心一〇七年研究用試題國寫卷二：www.ceec.edu.tw/PaperForResearch/107ResearchPaper/02-2-107 研究用試卷 - 國寫（二）.pdf （試題版權所有：財團法人大學入學考試中心基金會）

國寫卷二第一題・高三組

高三恭班　柯喻幪

翹翹板上

在高聳的磚牆上，木板左右搖晃著。木板的兩端各有一人，若其中一人沒有保持平衡，木板就會傾斜翻覆，而讓兩人一起墜落。假設，木板的另一端是自己的死對頭，每當想起他，總是厭惡至極，恨不得永遠別再相遇。此時，是抬起自己的腳，一腳將他踢入深淵，還是忍下一口氣並互相幫忙穩住對方，讓兩人都能無恙呢？

時常我們身在這樣的翹翹板上而不自知。我們的雙眼只見到了眼前所及、讓自己心生厭惡的老鼠屎，卻不知道自己也處於岌岌可危的處境中。一心想著去除眼前所惡，反而有時害人也害己。有句成語「共生共榮」，當身在搖搖欲墜的翹翹板上，這更是最高生存法則。然而，許多人無法忍受任何不順自己心意的事物，不斷鏟除彼端翹翹板的重量，終有一天，在抬起自己的腳的同時也將掉落於萬丈之下。

在競爭的關係中，並非得一人獨佔一整個翹翹板。林肯有個政敵曾公開嘲笑他的長相醜陋如大猩猩，然而林肯卻對政敵保有寬大的心。在他當總統的任內，甚至還選拔這位政敵為海陸軍總長，在南北戰爭時一同奮鬥。林肯與他的政敵雖處於同一個翹翹板上，但林肯選擇包容與寬宏來穩定翹翹板，甚至讓政敵願意為他效勞。翹翹板的平衡需要兩端相等的重量，在翹翹板上，共生共榮必定較互相殘殺更有智慧。

林月貞老師評語

本文透過解讀畫中傳達的訊息，提出「共生共榮」觀點，立意宏遠，深具思考意義。舉林肯之例，增強說服力，論述有據，文辭精鍊優美。唯訂題較直白，未能予人文旨「共生共榮」明確的指引。

國寫卷二第一題・高三組

高三樂班　鄭婷愉

平衡的兩端

自古以來，人類的爭強好勝從來不允許「平衡」。回首歷史長河，魏蜀吳三國鼎立，卻烽火連連、攻城掠地未曾停歇。人類的野心從來不甘於平衡，於是我們腳一舉，以為將他人一腳送進谷底，自己便是雲巔之上唯一一人。

也無怪乎這獨占鰲頭的機會使人心癢難耐。第一位世界麵包大賽冠軍吳寶春一鳴驚人，酒釀桂圓麵包炙手可熱之際，誰還記得也坐上冠軍寶座的其他後起之輩？周瑜一句「既生瑜，何生亮？」並非沒有道理，在諸葛亮的雄韜武略之下，誰還記得周瑜的運籌帷幄？天平的兩端是不容許平衡的。而比起如何「勝過」競爭者，我們都更傾向於如何「消滅」競爭者，卻忘了失衡的危險，忘了自己單腳支撐、忘了自己腳下的深淵。我認為諸如此類層出不窮，選舉時期的惡意抹黑、蓄意攻擊，最終都只是如迴力鏢一般用力擲出後旋回來絆倒站不穩的自己。

圖中的人一隻腳抬起欲踢向前端的人，卻不料使自己失去雙腳支撐。在平衡的兩端，站穩雙腳，腳下才是自己的資本。一旦失衡，如同曹魏終被司馬家族奪走，而其後的唐宋元明清，更無一倖免。我認為平衡的兩端，應是自我成長，而不是抬腳，幻想失衡後上升的可能。

林月貞老師評語

本文直指平衡的重要性，再以歷史例證，消滅競爭者反而導致失衡的危險，提出「平衡的兩端應是自我成長」的觀點，見解不俗。本文能深入解讀漫畫寓意，闡述個人看法，具反思性，結構完整，文辭簡鍊。

國寫卷二第一題・高三組

高三溫班　蔡祐臻

合作與背叛

有古諺「兄弟齊心，其利斷金」、「三個臭皮匠勝過一個諸葛亮」，闡明合作的重要性和其帶來的效益。然而，同心協力，又談何容易？基於個性的差異、利益的衝突，反目成仇的例子並非少見。最可怕的莫過於暗中攻擊，令對方猝不及防，卻未曾想過，殘害對方竟會造成兩敗俱傷。

圖片中，兩人同站在一片搖搖欲墜的木板上，說明其將同生共死、本應合作的關係。但是左方的人卻趁對方背對自己時，欲將他踢落深淵，絲毫未察覺若是這麼做，自己下一秒也將因失去平衡而墜落。不管是基於何種原因，傷害必不會招致好的結果，而自私的心態反倒會害了自己。

中國歷代皇帝，最會做的莫過於鳥盡弓藏、兔死狗烹之事。在上位以後誅殺兄弟、設法控制功臣，皆是為了鞏固一己私利，不惜牽連無辜之人。殊不知，君主與臣民的關係亦若圖片中的二人，是無法由殘害一方而成就另一方的。偏激殘暴的做法只會使民心盡散、忠臣失望，而無人再願效力之時，就將是君主一敗塗地之日。

合作，造就更大的利益，而背叛，終導致雙方的損失。在尋求私利的同時，避免對夥伴造成傷害，不只是在成全對方，更是成就自己。

林月貞老師評語

本文以漫畫中二人動作，一旦踢落對方，必定導致害人害己的結果，提出「合作與背叛」的主旨，對漫畫寓意解讀獨到，發人深省。以國君誅戮功臣為例，論述有力，短短四百餘字，闡發深厚。

國寫卷二第一題・高一二組

高二御班　張淳硯

瞻前，也要顧後

牆上橫架著一個翹翹板，兩人分立其上，維持暫時的平衡。其中一人眺望前方憧憬未來，殊不知身後的人正準備偷襲。舉起腳的那人只想著把對方剔除，自以為掌握全局的他萬萬沒想到，這麼一來，板子便會失去平衡，而他也將跟著墜落。前者過於相信他人，毫無防人之心；後者則私心自用，害人損己，兩人皆思慮不周，瞻前不顧後。

只顧勇往直前和眼前的近利，而忽略後顧之憂，無異於在人生的戰場上只盲目進攻而不知防守，往往使自己陷入不復之境。孔子曾對子路有勇無謀的個性，語重心長地批評：「暴虎馮河，死而無悔者，吾不與也。必也臨事而懼，好謀而成者也。」所謂成敗，其關鍵之處，或許不在胸膛鼓足多少勇氣、眼前可看得多遙遠，而是能否謀定而後動。

遑論國家社會的政策擬定，更是要全盤考量、放下定見，以創造群體的共利，否則，牽一髮而動全身，反而製造更大的問題。正如去年國人在「非核家園」的美麗願景中，貿然停止部分的核電機組，改以火力發電，造成供電吃緊以及空汙問題的反噬，在在說明了瞻前，也要顧後的重要性。

瞻前，使我們擘劃遠景進取向前，是實踐夢想的動力；而顧後，能讓我們察覺隱藏的危險，是踏穩前進的墊腳石。成功之道，瞻前顧後是缺一不可的。

林亭君老師評語

作者對圖像的解讀精確而完整，不僅針對圖中舉腳的後者深刻評析，更對無所知覺的前者有所批判，不僅瞻前，也有顧後。從題目的立意、文章的佈局、論述的邏輯與思考的深度，都能見作者的用心與對文字的精準駕馭。

國寫卷二第一題・高一二組

高二和班　龔郁婷

平衡

人無不希望自己在這個世界上卓犖超群，卻無可避免「一山還有一山高」的殘酷事實。若一堵牆上，懸著一塊搖搖欲墜的木板，有兩人站立其上，此時，一人耳畔傳來好勝心的低語，慫恿著他將另一人踢入萬丈深淵，自己即可成為心念已久的「第一」，殊不知他們站在同一塊板子上，彼輕此重的結果，只有墜落，無人得以存活。

世界的精妙在於上帝不是為了「個人」而設計之。大雁南回，必定是一大群、一大群，且排成一人字，目的是透過接力的方式，為後頭的雁兒提供喘息的機會。若撞見一隻孤雁，絕對會使人心生懷疑，縱使牠現在已然是此地最優秀且唯一的雁，牠能成功、平順地飛到南方嗎？遇到略勝自己一籌的人，有人視之為敵人，有人卻看見了合作的對象，前者陷自己於危墜，而後者得到了機會。

我認為，自己與他人像站在天平的兩端，各有一些優點，也有美中不足之處，以人之長補己之短，將使左右保持著完美的平衡。無人可獨自站立一方，如同無人可以獨自生活在這個世界上；如果因著一時的嫉妒心而把他人當作亟欲剷除的眼中釘，天平終會失去平衡，自己也將失去在社會中的立足點。

我們往往希望在一個群體中鶴立雞群，然而，找到跑在自己前面的人更是一種幸福，我們怎麼捨得打破這珍貴的平衡呢？

林亭君老師評語

作者以「平衡」為題旨，強調「合作」的重要性。文章聚焦於人我的合作，將為人詬病的「競爭」、「敵對」化為平衡之力，從兩相比較到互補，進而達到彼此平衡的狀態。本文總論圖像之意，結構層次分明，文字精煉，是為佳作。

國寫卷二第一題・高一二組

高二溫班　陳映璇

當局者迷，旁觀者清

在圖中，我看見的是兩個條件相當的人。站在前方的人，兩手插在風衣口袋，貌似內心踏實，相信腳下的平衡將是永恆。站在後方的人，似乎對於必須看著前方的背影有所不滿，偷偷高舉右腳，準備好隨時讓眼前可憎的背影嚐嚐墜落的滋味。

然而，站在第三方的角度，我所看見的是前方的人對於未知危機的毫無察覺，還洋洋自得以為身處安全之際；後方的人自認聰明，以為除掉眼前的人就能獨享安適與所有利益，卻沒有發覺腳下即將失去平衡，若展開下一步行動，只會以兩敗俱傷的結局斷送得來不易的安穩。

在這幅漫畫中，我體悟到，無知，是最危險的一件事。在複雜的社會裡，我們沒有辦法全然辨識所有隱匿的心機和危機。因此，要培養對於周遭事物的敏銳度，並謹慎穩重，才不易受人之殃。另外，自私，是自己設下的陷阱。一時貪婪，可能使我們獲得短暫的物質滿足，卻會賠上更大的風險，在機會成本的評估中淪為失敗的角色。因此，應該要認清眼前所享有的一切，並在面臨選擇時審慎評估，才不會賠了夫人又折兵，陷害他人不成卻反而落入自己設下的無形陷阱。

然而，當局者迷，旁觀者清。也許不耽溺在自己的世界裡，懂得換位思考，才能於迷濁之外綜觀全局，擁有真正的慧眼。

林亭君老師評語

本文對於圖像有精準的評析，以論述圖中二人的盲點，從而思考旁觀者角度的重要性。此種寫法不僅回答題目，更將自身當下的體悟鎔鑄於文中，既見作者的思考層次，亦見書寫的高度。

國寫卷二第二題・高三組

高三良班　廖沛妍

問題（一）：

甲文中的「籠中鳥」對於飛翔是迷惘而不知所措的，因為牠不知在天空哪裡可棲息；乙文中則是對飛翔充滿渴望，他認為自己已經長大，想讓母親知道自己想離開籠子到外地翱翔展翅的心。

問題（二）：籠中鳥

正值十八歲的我，站在人生的十字路口，身旁的同儕一一準備著往國外求學，渴望踏出舒適圈，我也不例外。與文中不同的是，我很幸運地能得到家人的支持，然而就在同一個家庭中，弟弟的狀況卻迥然不同，他欲飛，卻不知如何飛，往哪飛。

從小我與弟弟一同長大，做什麼都一塊兒，然而自從他國中開始住校起，週末返家也不曾聽他分享學校趣事，每晚打電話也是敷衍了事，就急急地掛了電話去跟同學們「鬼混」了。我發現我和爸媽愈來愈不了解弟弟，可是我們鼓勵他參與不同活動時，他又更退縮了。後來當我試著以弟弟的立場思考後，我發現：當家裡有隻天天用力練習拍打翅膀的小鳥，籠中尚未成熟的鳥會承受多大的壓力？他心中難免產生自卑感；我發現：當他每振動一次翅膀就被家人品頭論足，試圖教他以更有效的方式飛翔，他被剝奪了摸索的機會，原先想飛的心也叛逆了起來，如今只願躲在籠裡自怨自艾。

我一直認為溝通是隔閡最好的解決方式。然而，當我搶著與爸媽分享我理想中的天空，卻忽略了這些在弟弟耳中全是沉重的負擔。他的翅膀長得慢，或許我和爸媽不該急著把籠中鳥向外推，因為就算他現在就被逼迫著飛，也無法飛得自在，他也只能毫無目的地飛，並且是背著沉重的籠子——我們所寄予的期待在飛，反而比在籠子裡更不自由。

當我們逐漸長大，想要向外飛翔，有的人是抱著豪情壯志有目的地飛；有的則想飛也飛不高、飛不遠，我想：父母擔心的或許就是這種情形吧！願每個人都能找到離開籠子後在天空的立足之地。

林月貞老師評語

問題（一）：精確解讀，能具體說明兩文中「籠中鳥」對飛翔的不同感受。

問題（二）：本文透過弟弟的故事，呈現籠中鳥受限的經驗與情境。「家庭」是籠，兩隻籠中鳥對照，姐姐自信欲起飛，弟弟則退縮不前，然而姐姐能同理弟弟的受限與困頓，並非不想掙脫，姊弟之情敘寫細膩，而成長的種種省思，深刻而動人。

國寫卷二第二題・高三組

高三真班　郭嘉容

問題（一）：

籠子的意象對兩隻鳥來說，分別是安身立命的場所和禁錮限制的囚牢。前者與其選擇充滿不確定性的天空，寧願追求基本及穩定的生活；後者則嚮往到外頭廣闊的世界展翅高飛，不受拘束。

問題（二）：籠中鳥

鳥，從來是屬於天空，他們理應舒展羽翮，在翻騰的氣流中自在翱翔，這是牠們的天性，然而人類卻剝奪了它。但是貪婪的人類並不滿足，他們囚禁了鳥，也囚禁了孩子的心靈。

年幼的我，曾一直相信，只要長大了就能隨心所欲，然而羽翼初齊的那日我才發現，這裡給了我麵包，卻毫無展翅的空間。我想小時候的我確實是隻被馴養的鳥，對於父母的安排與要求一向全然聽從，因為只要表現得好，我就能做我想要做的事，然而事與願違，一直到升高中填志願之時，我那天真的憧憬和夢想才破碎。我所摯愛的繪畫，在我的父母眼中，是不務正業的幻想，是社會所不接受的、所鄙視的「下九流」。

籠中的鳥兒習慣了豢養，就無法像自由的鳥那樣毅然決然。在幾次的徒勞無功後，我又回到了籠子裡。是呀！籠子裡的生活多麼美好，認真讀書、考上好大學，從事社會所認可的行業，不是既安全又穩定嗎？即使我這樣催眠自己無數次，但心底的想望是不曾褪去光澤的。人生是如此的無常和短暫，誰也說不準旦夕禍福，華美的牢籠終將腐朽，能陪伴自己到人生的最後一刻的，只有自己啊！人間的榮華富貴，任誰也帶不走，辛辛苦苦壓抑一輩子攢下的財富，自己還沒享用到就撒手人寰了，與其到了老年痛心疾首，不如趁年輕時充實自己的精神財富，對我來說，快樂才是無價的珍寶。

也許籠中的鳥無數次地墜落，無數次地被無情的鐵欄杆折去羽翮，想飛的心依舊炯然閃耀，萬物都有屬於自己的天性，而籠中鳥也有、我也有，我屬於蔚藍的天空，我生來就是為了自由地飛翔。

籠中的鳥，想飛了，而且想比任何鳥飛得更高、更遠。

林月貞老師評語

問題（一）：能說明兩文中「籠中鳥」對飛翔的不同感受，但因字數有限制，不需再說明「籠子」的意象。

問題（二）：作者自比「籠中鳥」，受限於社會價值觀，而放棄繪畫的夢想，但是幾番掙扎後，「籠中鳥」想要掙脫，想要展翅飛翔，本文寫出不甘受限於現實的夢想幻滅，亟於想破籠而出的心情，敘寫細膩，文辭優美，十分動人。

國寫卷二第二題・高三組

高三孝班　周予寧

問題（一）：

甲文中的籠中鳥已慣於籠裡不自由但安適的生活，在廣無邊際的空中飛翔反而使他無所適從。乙文的鳥則是羽翼初豐，亟欲逃離一直束縛他自由的鐵籠，飛往內心渴慕的遠方。

問題（二）：籠中鳥

顧里提出了「鏡中自我」的概念，說明人們藉由他人眼中的自己，形塑出自我的認同。這樣的認同有助於我們對自身進一步的認識，卻也在無形中架構出一個箝制住我們的模板，逼迫我們終生蝸居在這座他人建起的牢籠：不出去就能幸福快樂的度過一生，所以最好一輩子都不要出去。

這些籠子有各式的材質與形狀。以我為例：一個前幾志願的女高中生、傳統觀念家庭的獨生女，每一個字詞都對應一個籠子。「前幾志願」對應著「努力、上進、懂事」；「高中生」對應「專心讀書，以考上好大學為目標」；「獨生女」對應「孝順父母、乖巧聽話」等等。

每個人都有屬於自己的籠子，卻未必都能適應它們的形狀。偶爾，會有人長出馴鹿般強壯美麗的角，他們有著超凡的才華，能衝破各種牢籠的限制而茁壯。我們望著那些人，總認為他們是獨一無二的，認為自己注定一生庸碌無為，最好少花力氣幻想，滿足於自己層層籠子內的安適就好。然而不是這樣的。每個人都有屬於自己的角，只要打開內心的鎖，它就隨時可以茁壯。每個人都有著強大美麗的心靈、與眾不同的才華，只要我們放下對自己的成見，任憑它自由地發展。

外界的眼光、自身的成見都可能成為我們壓抑自我的籠子。然而，若能放下這些，解開你為自己掛上的鎖，你會看見那個最真實的自我——強大、美麗，有著無限的可能性。

林月貞老師評語

問題（一）：對甲文「籠中鳥」飛翔的感受，解讀精準。回答乙文，則未完全聚焦於對飛翔的感受，微有瑕疵。

問題（二）：本文取材獨到，以「外界的眼光、自身的成見」為籠，自己的身分對應著許多籠子，成長過程經歷種種困頓，作者提出掙脫之法在於打開內心的鎖，省思深刻，令人感同身受。本文條理分明，文辭簡潔凝鍊，結構謹嚴，實為上乘之作。

國寫卷二第二題・高一二組

高二義班　龔郁雯

問題（一）：

甲文中的籠中鳥認為在天空展翅飛翔是無所憑依的，因此對於飛翔一事完全淡然；而乙文中的籠中鳥，則是蓄勢待發著準備到外地翱翔展翅，認為這是一種自由。

問題（二）：籠中鳥

什麼東西挪移時像鎏金，卻超脫於三度空間之外？在碎鑽沙漏裡閃耀它的珠光寶氣和重要性，儼然是世界首富，卻身無分文——它是時間，有著迷惑人心的力量，讓人有了它就歡喜，少了它就緊張，成為一種癮，於是人人變成時間的階下囚、光陰的籠中鳥，在縱橫的牢籠裡，看它時近時遠，做著拉緊人們神經的往復運動。

我也曾是時間手上因掙扎而打落一身羽毛的籠中鳥。猶記得國三與會考搏鬥的歲月，想要休息、喊暫停，卻猶有很多觀念未複習，佐以拔山倒樹而來的新進度、新作業，而時間一寸寸縮短，沒有分秒慈悲停留，好接近我以創造無限膨脹的巨大壓迫感，我的自由被扼殺，一種在期限內務必達成任務的強大使命感，擋在所有消遣之前，每天只能與時間對望，呼告時間解鎖牢籠。重拾翱翔九天的暢快已成為我最大的心願。

當英聽的尾音淡出考場，最後的鐘聲敲響，我才從牢籠中被釋放，時間似乎延長至天際線，還我片刻的自由，卻不知往後又會有多少期限相逼的日子，時間找上千方百計想要匿蹤的我，將我送回牢籠，為了得出解套方案，我陷入深沉的思考，最終決定來場轟轟烈烈、澈澈底底的大革命，揮別時間這霸道不講理的獨裁政權。

時間喜歡聽紊亂的心跳聲，而我們往往把正事拖到期限前進行，徒增可否達成任務的恐懼，因此讓它有機可乘，循聲追蹤到我們，倘若革除這般陋習，從頭到腳把自己打造成懂得早先助跑的人，期限再也不是一種壓迫，內心始終靜如止水，時間最高端的聲納失靈，更遑論將我們桎梏在冰冷的牢籠裡，成為它的籠中鳥了。

還我自由！還我自由！還我自由！多年來心心念念的、永恆的自由，像金箔一般糝在我的羽翼上，我鼓翅上升，覺得世界是如此廣大。在浩渺無邊的太虛之境中飛翔，移動有如鎏金，但這一次，沒有誰迷惑誰，我已是自己的主宰了。

林亭君老師評語

問題（一）：答題精確、文字精煉。

問題（二）：作者匠心獨運、別開生面，以「時間」為籠，以「超前進度」為剪，描寫被時間壓力禁錮的籠中鳥，如何跳脫自由與囚禁的循環往復。不僅文采動人、情意真摯，對於從掙扎到解脫的思考與探問，更見作者對生命的熱愛。

國寫卷二第二題・高一二組

高二平班　陳子涵

問題（一）：

甲文中的「飛翔」指的是鳥兒希望可以自由自在徜徉於寬廣的天空，不受任何拘束。而乙文中則是指青年渴望有一個不會受到管束的私人國度，可以在其中展開新生的羽翼，探索未來及一切未知的事物。

問題（二）：籠中鳥

這是一個令人惴慄不安的世代，科技挾著移山倒海之勢，文明逼使浪漫棄甲卸兵，人們在白熱化的競爭中幾乎窒息。打從出生的那一刻起，前方就注定有個身不由己的世界在等著我們的到臨。

孩提時期不曉得何謂社會期待，也可以不用去在意他人的眼光。每天睜開那雙流洩出光采、精神奕奕的靈魂之窗，迎接新奇的一天。任由小腦袋中天馬行空的想像自在發揮，大人們用微笑、慈愛的眼睛注視著你，聽著你敘述的奇妙故事；同學之間興高采烈地討論另一個刺激的冒險幻想，蓋上拇指印章，約好以後要一起做森林之王。那時就如同擁有廣袤蒼穹的鳥兒，憑著那雙羽翼未豐的翅膀在湛藍的天宇肆意翱翔。

隨風飄散的灰燼，時光如火一般，無聲無息地將名為純真無邪的白紙化為粉末，消散於無盡的遠方。曾幾何時，我必須時時刻刻地留意他人的眼光，帶著「徵於色，發於聲，而後喻」的戒慎恐懼。人與人之間的相處稱為「交際」，總是帶著一層層的人皮面具。害怕師長的責難，換上一臉唯唯諾諾；為了吸引同儕目光，換上一臉幼稚無害；唯恐友誼破滅，頂著一張曲意奉迎的笑臉，深怕自己成了沒人緣的棄子。用不著拜師學藝便比川劇變臉大師還要爐火純青。長輩及社會殷切的目光直勾勾地射向我，焦灼了自由自在的靈魂，種種的期許一肩承擔，放聲爽朗的笑似乎觸手可及，卻又如隔千里。這時就像被沒收自由的鳥兒，被迫關在「社會化」的鳥籠裡，在其中噙著眼淚，瑟瑟發抖。

我是多麼地想回到從前那徜徉自由的藍天，但時間是不可逆的，不會為誰停留，更不會回到過去，現下能做的不是在籠中自怨自艾，而是想辦法在這有限的空間中再次找到另一種自由、自在。花開自有時，花落自有日，花的綻放不該是追隨他人的目光及掌聲，而是追求自我圓滿與踏實。雖然軀體無法超脫這注定的鳥籠，但自由奔放的思想也同樣可以迎向璀璨穹蒼。

林亭君老師評語

問題（一）：在有限的字數中回答精確而完整。

問題（二）：本文以「社會化」為籠，描寫自己從孩提時的天真爛漫、自由奔放，到成長階段剪除羽翮、囚禁入籠的過程。囚鳥或許很難再回到天空，但作者期以「思想」為鑰，開啟另一片自在，其層次與轉折，帶領讀者看見突圍的不同可能性。

國寫卷二第二題・高一二組

高二樂班　陳佳琪

問題（一）：

甲文中的籠中鳥因未曾離開鳥籠，進而對在天空中飛翔感到膽怯；反觀乙文的籠中鳥，縱然知道籠子是母親對她的愛與保護，卻仍嚮往籠外那廣袤的蒼穹，並渴望在其中自在地飛翔。

問題（二）：**籠中鳥**

我曾是一隻籠中鳥，在籠中望著朝曦傾瀉於石上，激起一陣金黃的讚嘆；在籠中看著秋雨劃開翠葉，淌出淒楚丹赭的紅楓。而以羽翼感受陽光之沐浴、大雨之洗禮，是他人的宿命，困於牢籠才是我的劇情。

初學圍棋時，進步幅度過大，班上同學難以贏過我，漸漸地，我不習慣「輸」。轉班以後，那位老師的高強度教學、實力比我強卻又進步比我快的同學不在少數，我已經失去了輸棋後想更往前的衝勁，徒留一身贏棋後也只會自卑茫然的病態。自尊成為繩索，捆住疲憊的心，即便掙扎，也只能漸漸無力。那時的我全然忘記——挫折是枯萎的花，但一花之凋零，荒蕪不了整個春天；而心態之頹萎，卻是久旱未逢甘霖，消弭一切生機。那時的我，任由那名為自尊的籠成為桎梏，任由時間蠶蝕成一種荒涼，而我只是空等，盼夜幕迎來朝暾、拂曉捎來救贖，盼鎖我入籠者能想起我是隻鳥，本該在天空飛翔。

我竟忘了是自己上了鎖。

直至老師的一席話點醒了我：「輸棋是進步的過程，別忘了一開始下棋的快樂。」於是渾沌匯聚成解答，我開始沉澱自己，滌盡心中的紛紛擾擾。放下驕傲，抱持平靜的態度下棋，輸棋後方能坦然並自省。原來自以為的挫折是把犁，在我的心田耕出一畝美麗的記憶。而自尊的籠再也無法困住我，因為我終於發現，鑰匙就插在鎖頭中，只是一直困在籠中的我未曾察覺。

曾經的我是隻籠中鳥，掙扎無果、自怨自艾，乃至萬念俱灰。感謝老師，在籠外告訴我能靠自己開鎖，感謝自己，放下過多的自尊，而今的我才能以挫折凝鍊的堅強為羽翼，以泰然之姿破風而行，飛向明燦的未來。

林亭君老師評語

問題（一）：題目問的是「飛翔的感受」，故而在書寫時宜更加扣合「飛翔」，無須再言「籠中鳥」的不同，以免有偏題之嫌。

問題（二）：好勝是進步的動力，也是阻力，本文以「自尊心」為籠，描寫患得患失的心情，以及被囚禁的掙扎。最終，作者領悟「自勝者強」，唯有打敗心魔、掙脫心鎖，才是真正的無敵、真正的自由。本文的文情和省思兼備，層次分明，頗見書寫之功。

國寫卷二第二題・推薦發表

高一溫班　游涵宇

問題（一）：

在甲文中，當林中的鳥邀請籠中鳥體會自由，牠竟因害怕無處棲息而起徬徨，寧願繼續待在籠內，對比乙文中主角將自己的母親和家庭視為束縛，亟欲掙脫籠子並展翅飛翔。

問題（二）：籠中鳥

「你在看什麼？」又一次的，我感覺到籠子上的刺正戳刺我的肉。我抬起頭觀察她。當我稍微傾斜手機，我感受到她的瞳孔跟著骨碌碌地轉動，攝影機那樣，此刻她的手指正抓著桌沿，微微顫抖，我知道她正壓抑著抓走我手上東西的衝動，但我只是望向她的眼睛，想像自己能夠看透她和她眼後的想法。

她提供我所有的資源，我的生活像是撒在路上的麵包屑，鋪出了媽媽想要我成為的樣子，我像是滾輪上的倉鼠不停地前進。從前沒有籠中鳥的概念，畢竟我不知道那裡有籠子，用縝密的人生規劃織成的籠子。

可是路上往往有比麵包屑更迷人的東西。我慢慢地變大，卻不盡然是因著她餵養我的食物。她漸漸感覺到我雖然正照著她的路走，可我不再是一隻可以捧在手上的珍珠鳥。籠子開始變小，彷彿希望將我再塑形成理想的形狀。

當我意識到那裡有一座籠子的時候，我已經長成了她所不能容忍的巨獸。

她在補習班下課的每個整點讓我的電話響起，我總在那個瞬間用手掌覆蓋鈴聲並迅速掛斷；她在我深入捷運站的肚腹時，用簡訊不停詢問我在哪裡，我嚇得把手機關機。當她如數家珍地背出我學校所有考試和競賽的期程，並自言自語地分析我獲勝的可能性，我只覺得有什麼壓在喉嚨上，我想尖叫，像八哥在籠裡的叫聲。你在跟誰說話？他是誰？你為什麼要出門？她不停問著。直到有天她看完了我的訊息紀錄並悄悄刪除，我消極地換掉所有密碼，對自己說，我想讓籠子的鐵絲彎曲。

「你明明都知道。」我直勾勾地看著她。她顫抖的笑臉溶解了，直說我不曾尊重過她對我的尊重，一次次地傷害她。眼神迷離了，我假裝那是一齣滿是謊話的默劇。

最終她帶走了我的筆電，並壓在紙箱下方，紙箱裡滿是我的獎狀和成績單，一張張攤平而且放在塑膠匣子內，我想到她模糊的臉，是多麼熱切地面對這些燙金的紙，像撫摸一隻滿是羽絨的鳥。我終究是壓抑了巨獸的嘶吼，奮力把自己的身體折進籠子裡，像我之前所做的那樣。

陳麗明老師評語

問題（一）：字句清順，藉籠內籠外的解讀對比出兩者對飛翔的想像。

問題（二）：本篇因不合徵稿字數規定而成遺珠，然其布局精巧，辭簡意足，脫穎囊錐令人念念，是以特別推薦發表。作者以籠子、手機、筆電和獎狀渲染出母女對話情境的觸覺、視覺、知覺和感覺，安排用心。對話兩語寥寥，卻能藉聽覺交錯視覺的緊湊，點出文章的始末和壓抑的基調，布足了讀者的懸想空間，文字張力逼人而來。通篇扣題而發，揉合著摹寫、譬喻與轉化，層遞著知、覺、行的反差，辭采情意動人，是為佳作。

附錄

論作文——一名高中生看作文的利與弊

高三儉班　莊蘋

為何談作文？從功能來看，作文最基本也最顯見的作用之一，是訓練語言表達，而這正是現今特別重視的能力之一；從時間來看，求學過程中有十幾年的時間要和作文為伍。作文因對學生有重要的功能和長期的影響，故作文的利弊權衡因顯重要。

關於作文的益處可分三個面向：觀察和感受、思考和重建、表達和溝通。第一，觀察和感受。題目中多能見到像「以個人經驗或見聞，呈現……」，或「透過生活所思、所感，寫出……的體悟」這樣的敘述。考生找尋符合題幹的記憶時，除了那些有「歸檔」的書面資料外，最重要的是對於日常生活的觀察與體悟。學生們多聽過教師強調平日「觀察」的基本功，在經多次的提點，不論願不願意，或多或少都能使學生增加了解或探索日常生活的動機。如此益處，可從盧梭的一段話窺見一二：「生活得最有意義的人，不是那些活得最久的人，而是對生活最有感受的人。」第二，思考和重建。時下無論是「訊息同溫層」或「總白癡化」，主因之一是慣性接受片面資訊，無思考或延拓。作文考試中的引文，恰可為此問題提供解決之道。正因此時學生是被動地接受知識，故能避免因主觀意識決策所導致的選擇性接受。以知性文章為例，不論是時間銀行、待用制度等人文議題，抑或是無人商店、人工智慧等科技議題，對於從未接觸過的學生而言，是走進新世界的契機；而對於接觸過的群體而言，是進一步的加深、加廣。「重建」，同時也包含「破滅」。以「智慧城市」為例，一般提到智慧城市，多會聯想到高效能的中央資源調控系統和完善的互聯網絡，但這篇引文中則敘述居民隱私權的隱憂，衝擊一般對智慧城市非全然正確的幻想。如此使學生得以透過寫作的方式，以理性、客觀的方式重新認識新事物，是所謂觀念的「破滅」到「重建」。第三，表達和溝通。文章作為一種傳遞思想的媒介，書寫者自然要有「詞能達意」的能力，這能力又能細分兩項：一是將想法輸出為文字的轉化，二是用字遣詞的凝鍊。轉化的部分，以「被遺忘權」為例，可能反對方提出其不符合明確性原則，支持方表示如此可避免放大不實造謠，但無論立場如何，書寫者除了讓自己的看法使他人明瞭，同時尚須能多方引證來說服閱卷者。關於用詞的重要性，絕不僅是「我手寫我口」，以馬克吐溫的一段話說明最為生動：「貼切的字和差不多貼切的字的差別，就如同閃電和螢火蟲的不同。」綜合上述三大項深入要素，可得知作文在影響學子的發展上有其無法取代之價值。

至於作文的弊端，我認為主要可以分成三個部分：標準和運氣、盲從和武斷、掩飾和假話。第一，標準和運氣。大考中心清楚給出作文的評分標準，但訂了明確的規則不等同於有了明確的執行方法。以題旨發揮項目中的「感發得宜，想像豐富」的標準來看，何謂「得宜」？又怎麼樣算「豐富」？閱歷豐富的國文教師們，心中都有一把衡量的尺，但是學生的尺的刻度卻不一定與閱卷者相同，因此要拿高分就得看「運氣」了。第二，大話和假話。拿到批閱後的試卷，常聽到同學們抱怨自己文章寫得「不夠高級」所以分數不高，其實指的就是立意的高低。以「動物園的設立與廢除」一題為例，題幹要求學生選擇支持或反對設立動物園，並表明理由。下課時，訝異於聽到選擇反對的原由竟都如此相似——捍衛動物的生命權「比較好寫」。便好奇，有多少人是真正因為重視生命權而反對動物園，而不是因為「生命價值」這個立意看起來特別有高度、特別容易拿分？考試時，學生們盲目選擇那些與己身毫無連結的「大話」說，是為了考試的「效率」和「得分」而放棄「思辨」的可能；此外，學生對引文相關知識的了解程度，也可能成為思考的阻礙。同樣以動物園存廢為例，在引文僅提及一些動物園的現況與評論，未言及管理制度的情況下，學生須就引文內容和自身經驗來分析動物園的利弊。但一般大眾對動物園內部的實際運作是一知半解，何況是當下無法上網找尋資料的考生？在資訊不完整的情況下作評論，短期內非但不能訓練思辯，長久下來更容易使學生們習慣於片面地妄下判斷，而無法綜觀大局。第三，掩飾和假話，這是比較主觀的一項。學生心裡都清楚，就算心中再黑暗、再不認同，文章也定要有積極進取面。並非指消極、悲觀的文章分數一定低，但相較之下，隱藏負面情緒更能降低失分的風險。綜合上述，可知作文的制度仍有許多待改善之處。

至於改善方式，以感性題和知性題分別討論。感性文章，講究情感表達和美感，這樣的能力固然重要，但在遇到一些純抒情或意義曖昧不清的題目時，這些能力會被過分放大，不僅導致評斷上的爭議，也使學生多只掛念「文采」而非「思考」，故類似題目應避免出現。而在知性題方面，若要學生依文本進行評論，就應注意提供資料之完整性，才能真正使學生能從作文的訓練中，學習到利用「有效資料」進行「有效評論」能力。上述也僅是對部分弊端的解決方式，其他像是閱卷者大多重視修辭或是寫作者心中多有抑鬱等問題，也只能靠雙方的互相理解和攜手改變，才有雙贏的可能！

作文實是一把雙面刃，載舟亦覆舟，唯有與時俱進，才能真正發揮其存在之價值！

輯七　作文比賽優勝作品

一〇五學年度第二學期・高一組・第一名

星期天

高一恭班　陳恬靖

飛花疏落，澄碧如洗的穹蒼廣無際涯，溫涼適宜的徐風輕掃過周身，尋一蔭影籠罩之地，取來一張木籐椅，重重地覆壓其上，彷彿被躲藏在森日裡的精魄抽去了筋骨，渾身綿軟地攤開一本小說，書名必得慎揀，若不是一看即有撲面而來的書卷氣的，萬萬不可拿來平白污糟了這架設良久的「慵懶星期天」佈景。

要說我最屬意的星期天去處，即是孩童時每次暑期皆回一趟的的老家廈門。彼時臺灣尚需搭船至金門轉乘飛機到廈門機場。燠熱不已的三伏天，臺灣海峽的波面閃爍著金光，一擺一盪間極富節奏感，我暈頭轉向地直盯著不動，翻天駭浪的胃一刻不停地撞擊我的大腦，「哇」的一聲，我不負眾望地吐得滿地，牢牢抓在手裡的塑膠袋叫囂著我的愚蠢。一路九九八十一難，我回家了。一腳一坑的泥地，撲面而來的雞鴨糞便的臭味，無孔不鑽的艷陽，那麼簡單卻又那麼不簡單。

在廈門的每一天都是星期天。沒法睡得日上三竿、人事不知，清晨即起，搭著銀灰色橫拉幾條泥黃的麵包車，手上大包小包的乾貨、鳳梨酥、我平時最不待見的綠豆糕、臺灣住宅旁擺攤賣的肉鬆、肉脯，前去探望一年不見的親戚。大阿姨和姨丈的中醫小診所是我最期待的去處，即便麵包車無法駛在坑窪無數的路上，需轉乘三輪車，只有一塊木板當作頂蓋，四根木頭架著，車伕一吆喝，向著陡坡不要命似地急駛，我的心如同臀下顛動不斷的木板，毫無規律地狂跳不止。在泥巴小路的盡頭，栽著幾棵桑樹，一輛土藍色的發財車停得歪斜，隨風飛揚的布幔上頭有一塊膏藥的圖式。星期天到了，我聽到風說。

一口水井，一片廟埕外的空地，幾隻闖出圍欄的鴕鳥，一張麻將桌，一套茶具——我的星期天最初的樣貌。即使它曾經出現過、存在過，屢次造訪過。但那一片海峽仍舊生生切斷了我們緊緊相連的雙手，血肉模糊而無可避免地鮮血淋漓，從此我們如最熟悉的陌生人般，花開兩頭，各自天涯。星期天，廈門的星期天，星期天的廈門就此缺席。

臺灣的星期天從不曾在我心裡刻上一筆紀錄、按上一個印章，天空被四四方方的建物劃得支離破碎，柏油味濃重的地面沒有雞屎的味道，伸著脖子遍地亂竄的鴕鳥不見蹤影，被機車塞滿的騎樓擺不下麻將桌。我的星期天好似波心裡的一片雲彩，虛浮無根，撈不著也勾不到。這樣失去神魂的日子持續到一個星期天的下午，母親拿著一個鼓鼓的包裹，說是大姨丈從老家寄來的，星期五收到，署名給我。

一套釉珍茶具，夾著姨丈的信，他說我常用的茶具怕寄來不方便，才特地買了便攜式的贈與我。白釉的普通式樣，看得我心頭酸漲，霎時無言。星期天到了，我聽到風說。

於我而言，星期天，合理的星期天，即是泡上一壺茶，自斟自飲，無言無語地坐上一下午，看庭前花開花落，望天上雲卷雲舒。平生所願，如此而已。

田威寧老師評語

在每天都忙得焦頭爛額的生活中，能用茶具為自己「泡上一壺茶，自斟自飲，無言無語地坐上一下午，看庭前花開花落，望天上雲卷雲舒」，簡直是陶淵明「結廬在人境，而無車馬喧」的現代註腳了。作者的「星期天」是心靈的桃花源，從廈門到臺灣，一套便攜式的茶具把桃花源從彼岸帶到此岸。在茶煙繚繞中，年輕的心終於循焉再度坐上只有木板當頂蓋的三輪車，彎彎曲曲搖搖晃晃地回到那些不急不慌的午後——日子原來可以是如此簡單，不知有漢，無論魏晉。

一〇五學年度第二學期・高二組・第一名

流光青城

高二真班　池映慧

綠園的每個角落，都充滿一代代青青子衿們的「青」春記憶。走廊、樓梯間被一雙雙秀氣的手摸得光亮平滑的扶手；矮櫃上的刮痕印記，刻劃著歷史的流光，印著許許多多綠衣女孩的汗水和淚水。

每天上學穿過光復樓古色古香的走廊，在這沉穩寧靜的古蹟，竟是滿溢蓬勃的生氣，滿面笑容的女孩穿梭其中，笑著互道早安。走過廊道的木窗旁，我都會探頭看看今天的天空，今天襯著蓊鬱古樹的天是什麼顏色？望著晨跑的同學，聽聽那腳步的迴聲，穩健沉穩的節奏，打起神采展開每個綠園的一天。

雖說明列重要古蹟的光復樓，有著濃濃的古典韻味，美得像是個盤著日式髮髻的優雅女子，但真正讓我傾心的卻不是她——而是至善樓的金字塔廣場。一個人最大的美是來自心底的氣度和涵養，至於人對某個地點或場景的深刻連結，則是由於其中的一段流光與回憶。

每一年開學不久後，金字塔廣場便充滿詩歌朗誦的魔音。高一時的我就對這個傳統感到好奇，沒想到才一眨眼的功夫，我也要和當年的學姐們一樣慷慨地高聲朗誦了。每天一大早，我拿著有些斑駁的班牌跑到廣場，開始今天的練習，日復一日，著實讓人心力交瘁，深刻感受到「蠟燭兩頭燒」的處境。

但是在此起彼落、抑揚頓挫之間，我們似乎也都悄悄地有所改變。「伸展成綿密的網……」尾音要拉長，「網」應做出音調的延伸……，這些話每日每夜的縈繞我的腦海，每一天的練習更佔據了我們大部分的時間。回想當時，我只希望一切可以快點結束，可以放下肩上的重擔，但當比賽結束之後，除了鬆了口氣，竟也摻雜著感動和悵惘。

隔天終於不用大清早爬起床練習，可以輕鬆、緩慢地走到教室。經過至善金字塔廣場，與前一日的盛況相比，竟顯得寂靜冷清，彷彿只是場夢境，夢醒時分便回歸平靜。但隱約之間，我卻好像能聽見學姐、聽見同學們那竭盡全力的高潮迭起的詩聲。像電影一樣，我好像也看見了我們全班努力變化隊形的身影和一幕幕的記憶，突然我似乎理解了自己昨天的悵然。

「面對這一個大好的青春，日日都覺得該有一些轟轟烈烈的大事才對。」青城，每分每秒都發生著青春的故事，或許當下不一定是件了不得的事件，但未來回首皆是美麗的、青綠色的流年，因為青春是如此地好。

流光青城，綠樹始終盎然，在青澀的風中搖曳，古老的走廊透著一年四季的光影，書香、琴音、笑語不間斷地流洩著。這是個美麗的青春城堡、綠衣之園，在此我們用青春寫故事，用青春的流光一代代地寫下每一首我們的擊壤歌。

陳美桂老師評語

寫作最難的是一種神韻，如何放輕放緩，悠然行過生活的空間場景，留下經歷的痕跡，這是本文一開筆即令人欣賞的時間滑行。透過手的觸覺，及歷史沉積的色彩去記憶一棟建築，以及這建築中活過的青春少女，讓她們在空氣中接續出生命。本文另一個亮點，即是在一個明亮的建築空間——至善樓金字塔廣場，藉由一種聲音的儀式，留住了集體記憶，在尾音中迴旋出縹緲的消逝感，一切美的幻化，人的淡入淡出，這就是作者「看見」的青城那一道道宛如夢境中的流光。

一〇六學年度第一學期・高一組・第一名

雨天即景

高一毅班　高佑真

車子緩緩駛進綠色的懷抱，從車窗望出去，天空如奶奶冬天穿得黑色棉襖，厚厚重重地，壓在山頂上。當車子撞上那片綠，我的皮膚便警告著我：「大事不妙！」四周蟲叫唧唧，鳥鳴啁啾，好一派和諧的樣貌！但在其中摻雜著驚惶的抖音，催促的高音，我知道，他們也知道了！

今天是荒野保護協會一個月一次的團集會，我們來到了苗栗的山上健走。才剛踏入林地，皮膚變覺得濕熱難受。山中的霧，是最逍遙的俠士，你是管不著，抓不著，有理說不清的！她時而距你千里，時而伴你左右；時而一至則散，時而緊緊跟隨。在這樣煩人的霧中，萬物卻顯得安靜異常：那已長了兩尺的闊葉樹，彷彿被果凍包圍一般，動也不動，見不到鳥兒在枝頭引吭高歌，見不到大班蝶笨重地穿梭在灌木叢，自己踩進溼軟泥土的腳步，竟顯得放肆喧嘩。霎時，耳旁的綠葉被重重敲擊，「咚」一聲嚇得我急轉頭，一滴滴細細的雨，如落珠般灑下，我和同伴趕緊戴上帽子，把防水外套穿上，卻也不大驚小怪，繼續踏上路途。我突然感受到蘇軾「竹杖芒鞋輕勝馬」的快活及逍遙，一面走著，一面暗自吟道：「莫聽穿林打葉聲，何妨吟嘯且徐行」，平時倒背如流的詩詞，今日卻才深刻體會其中滋味，不免覺得開心至極，自己傻笑著，如在風雨中，綻放的一朵芙蓉。

漸漸地，雨滴越來越大，大到也看不見落珠的形狀，彷彿世界顛倒了過來，海洋從頭上傾瀉而下，而腳下，踩著似乎要墜落的天空。大夥兒跑進山中一亭子躲雨，鞋子全浸濕了，便脫下鞋子，光著腳，散下溼黏的長髮，在亭中休息。我望著亭外，雨被大風順勢帶著，如一隻銀白的龍，盤旋在群山之間，呼嘯之處，樹葉乘風而起，互相摩擦，發出如千軍萬馬奔騰之聲。四望一片混沌，如遠古天地未闢時的荒涼與絕望。此時，我回首一望，發現身後的天空已微微透出金光，耳旁轟隆作響的聲音亦漸漸轉為手指輕挑琵琶的清脆聲響，我踏出亭外，雨，停了！

倚著透亮的天空伸一個老大的懶腰，涼風拂過髮梢，亦送來剛被雨水打落桂花的清香。大地如一面澄清的鏡子，照著藍天無憂無慮的面孔，我們也繼續踏上旅程。翠葉仍滴著雨水，人走過，樹葉上的水滴如鈴鐺般搖落，對在泥地中攀爬的小蟲子來說，這場雨，也許還沒結束吧！

羅位育老師評語

本文，有遇有境，筆致乾淨舒宜，心思凝練，用字周到聰慧，情、思周轉俐落，層次井然而不死滯。寫驟雨將至，意象飽滿；談雨來，氣勢澎湃；描雨後，情味恬然。最後一句，尤是點睛。

一〇六學年度第一學期・高二組・第一名

餘韻

高二讓班　陳黎安

猶記祖父喜愛泡茶，蒸騰著白煙的沸水落下，茶底蜷曲的茶花隨之舒展，泡開的茶是渲染的墨。年紀尚幼的我總不解泡茶的樂趣，只覺那茶嘗起來竟如此苦澀。祖父總說：「泡茶的樂趣不在於沖泡的過程，而在於品茶後留下的餘韻。」

父母忙於工作，自幼便是將我托給同住的祖父母照看的，每日陪伴身側的是祖母慈藹的笑靨和祖父寬厚的雙掌。家中的孩子僅有我一人，僅能剪些紙娃娃，抑或是為紙張著色，試圖填滿內心的孤寂，而那些玩具在祖父母的眼底是何其難以理解。似乎是為了排解我的落寞，由祖父領路，祖母緊握住我那隻稚嫩的手掌，兩人一同帶我上去頂樓，總是深鎖且被禁止進入的頂樓。那片頂樓種植了許多我無以名之的植物，大片蒼翠狠狠地映上我的視網膜，彷彿初入桃花源般震懾，而這裡儼然成為我內心的祕密花園。

每日早晨，薄亮的晨光自半掩的門扉後透出，似乎在引誘我上前一探究竟，而我也毫不遲疑的推開了門，踏入那片屬於我的秘密花園。祖母總會定時為頂樓的植株澆溉，噴灑而出的細碎水花和熠熠的晨光彼此交融，彷彿為所有植物披上透亮的薄紗，總能成功吸引我那溢滿好奇的目光。祖母似乎也樂見於我這般驚嘆的神色。她便一一耐心且溫柔地指導我所有植物的名稱，層層堆疊的潔白花瓣是茉莉，淡雅清香且小巧的是桂花，鮮紅欲滴是番石榴。我第一次拾起澆花器，小心翼翼地灌溉著那些植株；第一次挑起葉片上的幼蟲，極盡呵護不讓植株受到損傷。在我眼中，那些不起眼的花草此時是彌足珍貴，我尤其喜愛讓花朵盛放時的芬芳鑽入鼻翼，貪婪地嗅聞著自己細心栽培的成果。頂樓最角落的位置是盆玉蘭，枝椏扶疏，花開純白，而那是我最喜愛的香氣。

夏日午後，所有物品似乎都閒適打起了盹，我枕在祖母膝上，目不轉睛地望著祖父流暢的動作。骨瘦嶙峋的指尖拾起茶壺，滾燙的開水沿著壺口流出，在空中拉出一道漂亮的弧線，而陣陣白煙也開始四溢。我按捺不住好奇地探起身子，凝視著原先皺縮的茶花逐漸在茶水中打轉，似紙上不斷渲染開的墨。桌上除了茶具外還有摘下的玉蘭，茶香和花香混雜，形成一股舒適好聞的香氣。我望著祖父母品茶的身姿，彷彿為了彰顯自己的成熟，也舉起一盞茶飲下。但茶的味道於我實是過於苦澀，也令我更加費解泡茶的樂趣，但褪去苦澀後，充盈於喉間是那甘醇的茶香及似有若無的花香。而冉冉上升的白煙漸漸蒸騰了我的童年。

今年夏初，那盆玉蘭被風吹倒，而祖父母再無力氣將那盆玉蘭扶起。最後是父親和母親一起扶正那盆玉蘭，我望著枝椏斷裂，樹葉落盡的玉蘭，總感覺那細瘦的枝幹和年邁的祖父母好像，想至此，眼眶又禁不住泛紅。年歲漸增，我和祖父母的互動似乎也僅剩出門歸家的問候，他們的身子不再硬朗，祖母不再澆花，祖父也不知曾幾何時不再泡茶，熟悉的香味從繁忙的生活中日漸蒸發。但夏末的時候，當我又推開頂樓的門，赫然發現曾一度枯萎的玉蘭又再次盛放。清雅的花香鑽入鼻腔，兒時記憶一股腦地湧上心頭，此時我才明白祖父所說的餘韻究竟為何，那樣的香氣殘存於我的生活之中，而等到回味時才意識到：所有餘韻，皆化為腦中清晰的回憶。終能理解，泡茶的樂趣不在於過程或是手法，而是在於那回憶起之後，總格外甘醇清香的餘韻。

這次，換我為祖父泡茶，茶花依舊於杯底綻放。祖父嚥了一口茶，稱讚這是何種特別的茶葉，才能泡出如此清雅的香味。我笑而不語，其實並不是特別的茶葉，真正能泡出餘韻的是——回憶。

蔡秀桂老師評語

本文以祖孫生活為題材，童年裡祖父泡茶、祖母植玉蘭花，茶與花混和的香氣，隨著成長，悠蕩於生活中，因回憶而產生餘韻。作者才高心慧，寫得清婉可喜。文筆像一帶跌宕起伏的山脈，自然優美；情調如一條悠緩小溪，清澈流暢，頗富韻味。文章結構緊密，以玉蘭、泡茶、墨前後照應，回環複沓，感染力極強；結尾恰到好處地點題，又耐人尋味。在所有參賽作品中，本文最符合題目要求，能寫出產生餘韻的過程、影響及領悟，面面俱到，文暢情達，淋漓盡致，頗切題意，誠屬佳構。

一〇六學年度第一學期・高三組・第一名

我的高度臺北學

高三真班　高佳煜

櫛比鱗次的高樓大廈如一把把鋒芒畢露的利刃插在臺北城中。高低錯落間雜著一塊塊如豆腐般的鐵皮屋。川流不息的車潮，阡陌縱橫的高速公路，以及蟄伏於地下高速行駛的捷運系統，串起了這高低不平的臺北。

無論身於臺北的任何地方，只要抬頭便能仰望那矗立於市中心的一〇一。有人說，它是禪意的竹，節與節之間包含了無限佛理。但我覺得它更像一隻瘦骨嶙峋的手，向上深入天際，渴望觸及更高遠的雲端。一〇一是臺北的精神象徵，一棟積極向上、劃時代的建築，更是高級精品的消費中心，金融與貿易的樞紐。佇立於一〇一的景觀臺向下俯瞰，彷彿置身於整個城市的最高點，底下的景物小得像樂高積木，而人不過是蠕動的小黑點，一種站在尖端睥睨眾生之感。

我每天放學都會經過臺北的另一個核心地段——臺北車站。旅客們總穿得光鮮亮麗，有西裝筆挺的上班族，提著行李箱匆匆趕路的旅人，金髮碧眼的外國遊客。不過兩層樓高的臺北車站，每天吞吐如此龐大數量的乘客，載著他們逃離或是歸來這座臺北城。穿過車站大廳，步出站後卻是另一截然不同的世界。遊民們或坐或臥倚著車站外牆，用破爛不堪的紙箱圍起自己的堡壘，雖然所有的家當不過是幾件舊衣和乞討用的碗。他們也是臺北的旅人，用雙腳結實地踏著街道，在臺北的最底層生活著，築一個半米高的紙箱城堡。

還有一群人，聚集於臺北城的地面之下，他們多半有著古銅色的肌膚，包裹著頭巾，露出烏溜溜的大眼，操著印尼或菲律賓的口音，席地坐在臺北車站的地下街，彼此親暱地寒暄。外籍移工們不知何時已默默潛入臺北，生活在比臺北人更低一階的環境中，只能做幫傭或是工廠苦力，領低一大截的薪水，受到鄙視的眼光，連偶爾團聚尋歡作樂也只能偷偷躲在不見天日的地面之下。

臺北市彷彿成層分布的熱帶雨林，最高處的樹冠層，受到陽光直射和雨水滋潤而愈發強壯，不斷向上長成聳入雲端的參天巨木。中下層的灌木和蕨類，只能在陰暗潮濕處苟且偷生，一旦倒下了也只會成為滋潤大樹的養分。臺北人也是這樣生活著，安份守己地待在自己所屬的那一層。不知道在一〇一頂端的人們，是否因為站得太高，而看不清地面上的小小人兒？是否享受於雲端的逍遙自在，而忽略了底下真實人間的殘酷？

高高低低的房屋築起了這座臺北城，浮華的摩天大樓，在夜裡打上繽紛絢麗的霓虹，更顯得炫目。這燈光卻照不進台北的迂迂迴迴的暗巷，照不亮地面之下的人們。再怎麼發達的道路與捷運系統都只能水平移動，無法串起這座高低錯落的臺北城。而住在臺北的人們，努力地築起自己的城堡，想要標明出自身的高度，也造就了臺北城曲折的天際線。

林世芬老師評語

既然名之為一門學問，在發揮個人體悟之前，設定觀察的視角、收集具體的材料是首要條件。有別於某些材料籠統而龐大，作者選擇了空間建築，具體而微；有別於那些意義精確的命題，作者以「高度」一詞雙重指涉有形的尺規與無形的階級，更是高明。

本文的視線從仰望一〇一大樓到平視臺北車站，再從臺北車站後站的紙箱城堡俯探捷運地下街，而分層定居於此的菁英、上班族與旅人、遊民與外籍移工，各自標誌著或參天、或沮洳的生存高度。將城市現況的觀察與人文族群的省思並排共構，熱帶雨林之喻、曲折的天際線都是作者的疑問，錯落而沉重。

一〇六學年度第二學期・高一組・第一名

散步

高一良班　藍文晞

達達。

我踩著步伐在不知名的小巷，城市是喧囂的，然而每每旋身踏入無人的轉角，卻彷彿剎那間逃脫了塵世的擁擠——片刻的闃靜，片刻的喘息。斑駁的磚牆屏蔽的嘈雜與躁動，巷弄裡迴盪的是如鐘的跫音，深沉平靜的叩在心尖上，一如自幽谷而出的裊裊梵唄。僅是一面牆的厚度，卻構築出了另一個方寸，無人打擾。同樣的城市裡，兩種迴然相異的風格微妙的生成了和諧的平衡。也許，每個人都有那麼幾條屬於自己的巷弄，在厭倦了繁華外衣下的暗潮洶湧後，褪下微笑的面具，在某個未知的一隅偷得心靈的安寧，短暫地放逐自己，以步伐向這城市訴說一段段扣人心弦的故事……

雨夜的漫步，是一場靈魂的洗滌。

撐一擎傘蓋，讓自己悄然隱沒在夜的庇護裡。聽雨淅淅瀝瀝，大街上的人車依稀都成了遙遠模糊的背景音——不是刺耳的喇叭，抑或尖銳的笑鬧，彷彿是貝多芬的月光奏鳴曲，娓娓道來城市的歷史興衰。光影在細雨中柔和，如同驟然滴落的金黃墨水，渲暈一片朦朧，今夜無月，那又何妨？我輕輕地踏遍城市角落，看似天涯流浪，實為覓得心靈的歸屬。落足濺起層層水花，驀然憶起孩提時在水窪中跳躍嬉戲的稚嫩模樣。所幸瀟灑地扔下傘，在雨中恣意地放肆玩鬧，一瞬間笑靨盛放，如同春雨後綻開的花。

在人生的道路上漫步，偶爾，總會遇到相岔的十字路口。或佇足不前、或躊躇徘徊，本是無意的「散步」，卻終要面對選擇的迷茫。當逶迤的小徑前方忽地現出數條不同的大道，你會退縮抑是前行？若你憂心錯過野花的馥郁，那也必將失去楓紅的詩情。「散步」，本是無為目的而行，何人知曉下一個轉角，會有如何的一場邂逅？也許是一隻羞怯野貓的驚鴻一瞥，也許是一幢陳舊建築的時光旅行，也許是一株萌發綠芽的生氣蓬勃⋯⋯任憑無數臆想和揣測，也無從得知。我們只能堅定地踏著步伐，尋尋覓覓，盼著乍然而出的美麗。

久居於這迷宮般的都市，街道串聯成一張稠密的網，我們漫無目的地走，只是依循心底深處、潛意識裡的路徑，用腳印烙下故事的字句。歲月的風化侵蝕可能會讓都市的容顏全非往昔，然而足跡的記憶早已深植地心。每一條巷弄裡都承載了無數的故事，會不會，兩個毫無交集的人，在相互平行的道路上刻下一致的字跡？會不會，兩個素昧平生的人，散步至同樣的路口，從此人生路上再不孤寂？

一如既往，散步在熟悉的巷弄，孑然一身。孤獨，但不寂寞。我踩著步伐輕盈，諦聽風的笑語。前方的路口會出現什麼？也許是疾風驟雨，也許是晴朗無雲。我不知曉，但我無懼。也許，在下個轉角，會遇見那樣一個你……

吳佩蓉老師評語

本篇文辭清雅細膩而富有哲思，文氣曉暢而跌宕多姿，誠屬佳構。作者敏銳感知生活中的細節與情境流轉，將「散步」這一日常活動從外求轉而內省，化尋常散步為巷弄走讀，無所為而為，故能靜觀自得，每一轉瞬都渾成勝境，邂逅巧遇引發的悸動與思悟亦清新動人。是以，吾人於尋常日子裡只要凝觀細察生活種種，靜心尋思，時空的縫隙與皺褶裡亦能有萬千風景，有此眼光，生活將何其繽紛多彩！

一〇六學年度第二學期・高二組・第一名

轉機

高二儉班　陳佳妤

雷諾・尼布爾曾說：「上帝，請賜予我安寧，接受我無法改變的事實；賜予我勇氣，改變我能夠改變的事項；並賜予我智慧，分別兩者的差別。」人生在世，有太多的不公平與得天獨厚，艱澀的瓶頸也宛如層巒疊嶂的高聳阻礙著我們向前，然而也正因如此，才會嘗試去另闢一條名為轉機之徑，跨越眼前的阻撓。

轉機在我的定義裡，從來就不是天賜的機會，我認為它並不夢幻，不像電影情節的戲劇性逆轉；不似小說故事的天外飛來一筆；也非漫畫片段的爆炸性亮點，它是一道要淪落至晦暗淵藪後，憑藉自身力量所覓得的光，是在現實無情的洗禮後，才得以熠熠生輝的明亮。史蒂芬・霍金即為一例，他遭受漸凍人症的禁錮，那是一個極大的打擊，他的行動能力被吞噬，他也深知這樣的病症終將淹沒他的一切，這是無法改變的事實。他的軀殼做不到的事情，取而代之，他以「心」去完成，他燃燒著他的靈魂而活，感受宇宙、時間、空間的脈動，無論命運多麼糟，他仍懷著自己的見解向往後的日子邁進，沒有人給予他這些意念，其源自於他的堅強信念，締造了屬於自己的轉機，他也成為了備受尊崇的偉大科學家。

事實是一種既定的狀態，無法被言語動搖，也沒辦法彌補或改變，它往往在最壞的時候用力的朝人敲下一擊劇痛無比的當頭棒喝。我認為接受事實且認清局面後放棄乃合情合理之事，但拋下全部後徒留原地就是一種失敗的絕望；倘若願意再重拾自己而後重新出發，那麼這即是希冀滿盈的新「轉機」了。

我摯愛的運動是足球，靠著拚勁以及堅持不懈的努力，我被徵召進校隊，由於隊伍是臨時組成，找來了很多原先便是體育校隊的同學，起初我懷抱著熱情與大家一同練習，但我逐漸發現他們各有無論如何我都無法超越的優勢，風馳電掣的速度、敏銳靈巧的反射、無堅不摧的壯碩，我奮力地追趕想與他們並駕齊驅，卻始終望塵莫及；我倉惶地拔腿狂奔想和他們不分軒輊，卻依然徒留原地，我意識到這是殘酷但卻極其真實的事實，就像已經發到手中的牌，我天生就沒有獲得「良好運動神經」的王牌，且我清楚地知道：我不能更換我現有的一切。放棄之念縈繞於心，該如何是好？我無從求得……。

每每看到那黑白相間的圓渾，那顆充滿著我的夢想的球，都覺得好不甘心，我放棄了成為先發的念頭，但另一個聲音又響徹腦海：「難道就要這麼結束了嗎？」仔細傾聽，原來是初衷的呼喚！我開始思考如何重整失去的步調與雜亂無章的心靈節奏——於是我決定重新為自己再創造一條嶄新的路。我秉持著人一己百的精神開始練習，不奢望在夢幻的殿堂，球場上，活躍的大展身手，只求一直以來對足球的熱忱能夠無愧於心，這即是屬於我的轉機，想對熱衷事物付出的全心全意，這是我以前沒有認真意識到，但卻很重要的事情。

我用踏實的傳球一次次描繪出進步的軌跡；我以強勁的射門激盪出熱血的沸騰洶湧；我用堅強的意志力築起防守陣線的銅牆鐵壁；後來的每一刻，我想的不再是如何才能夠在球場那樣的盛大舞臺上發光發熱，心態一轉，我把入選隊伍和每一次賽前練習當作回報初衷的機會，如此轉機，讓我學到了更多積極正面的大道理，也讓自己拾回被現實摧殘至支離破碎的迷失自我，重新拼湊回，然後邁開步伐，再出發，意料之外，我在一次的候補上場，榮耀地轉身射門得分，比其他隊友都更出色，這樣驚喜的奇蹟，何嘗不是一種轉機呢？

身障表演藝術家克萊兒．康寧漢表示，揭露自己的「不能」而後展現之，需要勇氣，呼應了雷諾所言，要嘗試接受無法改變的事實，但也因為有這樣的踉蹌存在，我們才懂得去反思整理，明白尋找出突破點與轉機之徑的重要性，而後終於發現轉機其實正是曲折蜿蜒的心靈之途中，通往單純的、精神堅持的方向而去，最簡單的那條路，只要願意，就一定能憑自己的力量走出來。

願在這坎坷的人生之康莊大道，我們都能記得接納事實的不變性，再踏上心的轉機之道，改變且繼續向前。

吳玉如老師評語

這是一篇文筆流暢、條理清晰的作品。作者能明確提出論點，先確認「轉機」的定義，然後恰當運用引導文字中的事例，做進一步陳述，接著又加入自己的經驗，深度剖析，這種對於論點素材的進一步闡析，是本篇作品的一大特色。譬如首段引用雷諾・尼布爾的話，然後以層巒疊嶂之阻礙，比喻人生艱澀的瓶頸，指出跨越阻撓，另闢蹊徑，方可以有「轉機」。

在整體結構上，全篇掌握「轉機」的命題，原始要終，條貫一氣，是其另一特色。譬如第二段以霍金為例，說明面對事實之必要，第三段則從「事實無法改變」切入，推衍出接受事實、重新出發，才有轉機之可能；四至六段，透過心境的對比與轉折，以細膩的筆觸，充分刻寫自己在足球校隊受挫、轉換心境、再出發，終而有成的經過。段落、字句之間，跗萼相銜，首尾一體，意象鮮明，相當精彩。

全篇內容豐富而有層次，作者的經營用心，可見一斑，假使「我」字可以刪裁若干，文字必將更為凝鍊明麗。

一〇七學年度第一學期・高一組・第一名

只因當時在那裡

高一良班　張譯心

橘紅色的光從海面溢出，沖刷上岸，染得鵝卵石一片金黃；遠方幾抹波光閃爍映著灰藍的天。海風輕柔，一切都顯得極為寧靜寬廣。最後一束日光消失、眼睛還沒反應過來的剎那，那片黑，浪花碎裂的聲音，包裹著，完全的絕緣，唯一感受到的是腳趾輕觸地面的粗糙。原本，想像中的、在臺東海邊獨自一人的夜會是令人感到恐懼、寂寞的。但現在，此時此刻有的是某種微妙的感覺；就好比讀完一首好詩之後心中又什麼被輕輕地碰了一下，了解了一些說不上來的什麼，的那種如漣漪般小小的清澈頓悟，確確實實地感受到了自己的存在。我想，也只有在這樣一望無際的一片黑暗中，才能讓孤獨帶來飽滿。

小時候很怕黑也很怕無聊，尤其討厭睡午覺。覺得黑暗太空虛，而睡午覺的時間明明可以拿來做其他事清，為什麼每天要多花幾十分鐘把眼睛閉上？而外婆也常對我說，慢慢來就好，別急。跟著外公去後山上菜園的時候，常納悶為什麼外公可以在一畝小小的田旁邊一坐就是整個早上，自己一個人，也不和我說什麼話，就那樣默默地從土中挑出一根又一根的雜草？常常，我都是拉著弟弟跑到一旁的小溪去抓螃蟹玩水。我從不認為自己能把自己從外界分離，與周遭沒有互動。簡單來說，很怕寂寞，很怕和自己相處。至少當時的我是這樣認為。

很奇怪的是，我一直沒有發現我的想法是錯的。明明爬山的時候很喜歡自己走得很快，在樹叢裡東翻西找，或脫隊繞道小徑裡等著，只為了遠處的一聲鳥鳴；我不覺得這樣得獨自一人是寂寞的，我只感覺到身處在這片森林哩，很滿足很開心。為什麼一直想像慢慢做事、會睡午覺的外婆和正在種田的外公，會是無聊空虛的？說不定，他們也是愉悅飽滿的啊！那次在黑暗中，我才驚覺，我怕的不是獨自一人，不是黑暗，不是與外界分離，而是那種被絕緣的感受。藉著這樣的頓悟，這樣突然地把事件連結，自然就不會再去刻意避開自己根本不害怕的「獨自一人」這件事。「空」對我來說，也不再那麼恐怖，進而推展到時間的空白，我慢慢也能理解，為何外婆不斷提醒我，別那麼急躁，別把時間的空隙全都壓緊塞滿。

適度的留白、適度的獨自一人、適度的稍稍跳離外界，給自己一點空間——大家會這樣說，是必須的。常會去怕光線消失的那一刻，瞳孔不適應的漆黑。但漆黑過去了之後，清澈頓悟的漣漪淡去了之後，頭上的那片夜空，不是很美嗎？這時，不妨躺下來，好好和自己相處。該害怕的不是不小心跑到世界的背面去；該害怕的反而是因為太執著於陽光，緊緊地抓著卻沒有發現雙手已經被燙得紅腫，沒辦法摸出自己的模樣。

北斗七星閃爍著，海面很暗。竟會感到不捨——尋人的腳步聲紛沓而至。

「原來你在這！」

「嗯。」起身。

「是時候該回去囉。」

田威寧老師評語

本來一直相信甚或堅持的，在宛若天啟的瞬間出現轉變，經由海浪的拍打聲與風拂過臉龐的涼意而回到自己均勻的呼吸，從此之後，一切就不同了。開頭精彩的感官摹寫呈現作者在生活疾馳的列車中，透過偶然的歇息體會到生活裡兩行中的另外一行——最素樸之處亦是最華麗之境。接著筆觸探入思緒的百轉千迴，明白生命中的歡悅畢竟常常在沒有人與人交接之處，眉宇之間有著簡單的寂寞與快樂。主題明確，轉折自然，文字運用相當成熟，細緻而耐讀。

一〇七學年度第一學期・高二組・第一名

不如留白

高二溫班　鄭安芸

找尋眼神的時候，失蹤；張開雙手的時候，墜落。那些積攢已久卻仍含了萬千膽怯的勇氣，終究是輸給那雙眸裡不適合我的善意，輸得一敗塗地。

當時間有意無意地在身上披了一副名為無所畏懼的鎧甲，經過四百多個日夜鑄造，似乎沒有想像中那樣狼煙四起而兵荒馬亂，鼓起所剩無幾的渺小堅持，把心再次拋出去，但還是漏接了。

沒有緩緩而輕巧的浪漫，一瞬間的崩解仍是如此猝不及防。只是鋪天蓋地的風雲變色，沒有像我初見他那天的春風徐徐，歲月靜好。如潮汐般的無力感是生活的填充物，偶爾從脫線處溢出來不及忘卻的美好，縱使時有零星剪影閃過腦海，更常見的片段是那日的撲空與冷漠。

時間如一組透鏡，折射出所見所聞所思所想；像水，搬運、侵蝕、堆積著記憶；是世上最稱職的旁觀者，雲淡風輕的沒有多少形容詞合身。或許是一次春夏秋冬的遞嬗，匆促地等不及一次任性的想念，它真如透鏡，照出相較於前些日子更遙遠的實感，關於種種破碎；也像水，讓背景靜靜褪去而仍然珍視；是最稱職的旁觀者，見證賦予自己的赦免與寬恕。是因為不再顧影自憐，不再窮追不捨，留下一段空白，足以塞下對自己的溫柔，足以捧起不被支配的重生與自由。

相對於濃妝豔抹的油彩作品，中國水墨畫清新淡雅而為人稱道的便是適度留白，留給物件伸展的舞臺和容納無限想像的自在。又好比牽著一位孩童的手，因為不忍其深陷任何危險而越發緊握，帶來與初衷背道而馳的效果。舉凡阿基米德為解難題，沒有終日埋首書堆，在洗澡時從天外飛來一筆成就流傳千古的故事。

所謂留白，並非騰出一團雜亂無章，填入完全的真空，而是從當局者迷外擴一步恰到好處的距離，擁抱空間裡難能可貴的祥和及希冀。偏執是為了支撐生活裡的好壞願望，實現生而為人的價值，然而「放下也是一種選擇」。如生無所息的道理，多少人曾秉持生命不息，奮鬥不止的雄心壯志汲汲營營地追求，最後領悟真正想要的是道上阡陌裡一朵花的綻放？多少人千方百計地求神問卜該如何療傷，最後放棄尋找解答卻也因此找到解答而康復？

所幸沒有終其一生追尋而執著於實踐心中的絕對，在馬不停蹄的步調中潦草地打上休止符，留下一段空白，大得足夠我在氾濫的回憶裡時而馳騁，時而背上一些過去的美好一起面對眼前的蒺藜；寬廣得足夠我用想像彌補一切的缺憾，用現實裡的細瑣充滿這片遼闊。繽紛不如留白，正是在複雜世界裡如此遺世獨立的純粹和簡約，讓生命自由自在地探索不完美也不後悔的釋懷與從容，或許這不是潦草的暫停，而是無比端莊優雅的句點。

詹子靜老師評語

〈不如留白〉能在眾多優秀作品中脫穎而出，除了文筆優美細膩外，感悟、思考不俗更是入選因由。文章由惴惴不安的情感入筆，將期盼轉眼落空、希冀終歸崩解寫得細膩而不至於濫情。

第三段正式進入主題「留白」後，則不再耽溺於自憐情感，也一洗前文較為雕琢、刻意之痕跡，轉而開始書寫個人生命狀態的抉擇。以時間、畫作為「留白」下了註解：「所謂留白，並非騰出一團雜亂無章，填入完全的真空，而是從當局者迷外擴一步恰到好處的距離，擁抱空間裡難能可貴的祥和及希冀。」在悸動、躁動的情感之後，畫下一個優雅的句點，安頓自我並追求更大的心靈自由，頗為精彩特出。

全文以尋常題材，展現出幽微的省察與見解。文句掌控上雖有稍嫌生硬之處，仍不減其詩心，瑕不掩瑜，實屬佳作。

一〇七學年度第一學期・高三組・第一名

新世代的綠衣人

高三樂班　吳芷儀

生命是一幅畫，而我想以各種色彩，為他添上不同的丰采；生命是一匹錦緞，我想以各色的絲線，織就精彩的圖樣；生命是一個故事，而我想執筆，敘寫屬於我自己的一頁頁篇章！

進入綠園，是上天偷偷在我的調色盤上放了一管綠色的顏料，這種綠是大地的綠色，代表著天地之廣博。因為在綠園裡，在老師和同學們的談吐之間，我重新定義世界的廣袤無垠，我開啟生命中的另一方寬闊天地。英文課堂上，老師從不拘泥於課本，帶領著我們遨遊全球，關心世界各地的爭議性話題、爆炸性新聞，更時時鼓勵我們不要畏懼走出自己的家鄉，去看遍世界的每一隅，去闖蕩出自己的一片天；而音樂和美術的課堂上，老師則帶我們穿越時空，以藝術之美為共同語言，讓我們宏觀各個民族文化別具一格、獨樹一幟的另樣風情，讓美不可言喻的感動推倒隔閡的高牆。生長在一個重視課業的家庭裡，我曾經有顆封閉在課本世界內的心，而踏入綠園，老師和同儕叩開了我的心門，喚醒了自由的靈魂，邀請我加入新世代綠衣人的行列。現在的我，以宏觀的視野、開闊的心胸欣賞生命旅途中的每一道光景，為我的生命畫布添上一抹象徵著寬闊、廣博的蔥綠意。

穿上綠制服，是上天送了我一段綠色的絲線，而這種綠是和平鴿啣著的那片葉子的橄欖綠，代表著希望、平和與進步。進入全球化時代，各國的交流日益頻繁，競爭在所難免，但唯有溝通與合作，能化敵意為友善，能讓世界以共榮為目標，能達成世界進步的願景，身為地球村公民，團隊精神顯然成為不可或缺的理念。曾經的我，因為課業上的優良表現，在分組合作時，大家總是唯我馬首是瞻，沒有人會對我的提議加以否定或質疑；但穿上綠制服後，分組合作的模式令我難以適應，我會因為想法不同而必須與人討論，會有直率的同學當眾指出我的盲點，會因為結果不如預期而被人指責，在一次次的分組報告中，在一次次的爭吵與不愉快中，我想，我們最好都各自在團隊中找到了自己最適合的位置，領悟了「忍一時風平浪靜，退一步海闊天空」的真諦，知道直率有時並不是真誠而是尖銳刻薄，學會在生氣時壓下怒氣，保持理性，用委婉的話語與夥伴們溝通；開始將信任交付給同伴，也共同承擔結果的成功或失敗，一起哭、一起笑。扣上綠制服的釦子，我穿針引線，以綠色的絲線為自己的生命錦緞繡上綠衣人的圖樣，那樣的線，讓我的生命多了圓融的智慧與合作的精神。

背上代表著綠園的側背包，是上天在我所執的筆裡灌注了綠色的墨彩，這種綠，是春天樹梢上枝枒的嫩綠，象徵著生命的活力與春天的新意。而人類文明的巨輪正是由這股不斷創新的力量在向前推進，懂得思考沉澱，有自己的批判，能運用創意突破創新卻也延續傳統，無疑是新世代人不可或缺的能力。高中以前的我，因為就讀的是升學導向的學校，老師們總是以填鴨式的教學確保我們能應付考試，直到來到綠園，老師們在上課中不停拋出的問題、充裕的分組討論時間，才讓我喚起了潛藏已久的批判思考能力，我漸漸習慣在討論每個議題時提出自己的主見，在看新聞時，有自己的主觀判斷，也學會不一味堅持己見，樂於傾聽他人的聲音。而國文老師的散文作業、美術課的創意發想、綠園文粹的徵稿、體育課的自編舞，都不斷的刺激著創造力的提升。背上綠園的書包，我在生命的故事中留下在綠園的足跡——一趟學會在汲取新知後反覆思考咀嚼、在聽聞一個事件後批判並表達所思所想，以及化知識與智慧為創意的旅程。

走入溫馨綠園，我願成為一個新世代綠衣人——在生命的畫板上，我願以「廣博」的綠在畫布上暈染開一片蒼翠的綠意；在生命的錦緞上，我願以「合作」的綠絲線織就美麗的圖騰；在生命的故事裡以「創新」的墨水寫下一頁綠園篇章！

陳美桂老師評語

綠色的招引，離合的神光，叢疊著無窮的碧草與綠葉，是園中女孩永遠的嚮慕與追尋。擁有百年歷史與輝耀傳統，在跨入二十一世紀的新世代中，綠兮衣兮，將有不同的風姿，更具前進的力量。文中作者以大家的共象，提出彼此的精進互勉，也以生活的實況，在課程所學及活動參與中，展現化育本質的神奇力量。當學子渴望學習精進時，老師的用心提引，課程的多元設計，除了增添綠色的生命新機，更內化成一種博雅寬和的品質，從圖像而來的建構，落實在女孩的領悟與實踐中。期許新世代的綠衣人，在這三年中，我來我見我思考，我嘗試我參與我完成，在此儲存大量的綠光，開展一生美麗的靈魂。

北一女的青春國寫作課

主　　編　北一女中國文科教學研究會

社　　長　陳蕙慧
總 編 輯　陳瀅如
責任編輯　陳瓊如
行銷業務　陳雅雯、趙鴻祐、余一霞、林芳如
內頁版型　陳宛昀
封面攝影　陳佩芸
排　　版　宸遠彩藝

讀書共和國集團社長　郭重興
發 行 人　曾大福
出　　版　木馬文化事業股份有限公司
發　　行　遠足文化事業股份有限公司
地　　址　231023 新北市新店區民權路 108-4 號 8 樓
電　　話　(02)2218-1417
傳　　真　(02)2218-0727
Email　service@bookrep.com.tw
郵撥帳號　19588272 木馬文化事業股份有限公司
客服專線　0800-221-029
法律顧問　華洋國際專利商標事務所　蘇文生律師
印　　刷　呈靖印刷股份有限公司

初版一刷　2019 年 5 月
初版四刷　2023 年 3 月
定　　價　340 元
ISBN　978-986-359-669-1

Printed in Taiwan.

國家圖書館出版品預行編目

北一女的青春國寫作課 / 北一女中國文科教學研究會主編 .-- 初版 . -- 新北市 : 木馬文化出版 : 遠足文化發行 , 2019.05

面； 公分

ISBN 978-986-359-669-1(平裝)

830.86 108005278